La Femme dans le Train

Partie de la série "Amour et Guerre"

R.P.G. Colley

rupertcolley.com

ISBN: 9798303655119

Première partie

Annecy, septembre 1982

J'attendais une visite. La première, peut-être, depuis des années. Je ne m'en souviens plus. Cette perspective m'avait mis sur les nerfs pendant des jours, car je ne reçois plus jamais de visites ces temps-ci. Et aujourd'hui était le jour J. Il devait arriver à treize heures. Je me suis rasé et j'ai passé un temps fou à décider si je devais porter une cravate et, si oui, de quelle couleur. Ni trop vive ni trop criarde, ni trop sombre. J'ai finalement opté pour un vert discret. J'ai fait un peu de rangement en l'honneur de cette occasion mémorable — j'ai jeté des journaux qui auraient dû l'être depuis des semaines, voire des mois, j'ai nettoyé les toilettes, passé l'aspirateur, gonflé les coussins, les réarrangeant plusieurs fois. J'ai dépoussiéré les tableaux aux murs, en particulier les coupures de presse encadrées me mettant en vedette à l'époque où j'étais quelqu'un.

Puis, n'ayant plus rien d'autre à faire, je me suis assis au bord de mon canapé, les mains sagement posées sur mes genoux, et j'ai attendu, consultant ma montre. Treize heures sont venues et passées. À treize heures cinq, la sonnette a retenti. Il avait cinq minutes de retard. Mais il avait parcouru une sacrée distance – plus de 500 kilomètres, depuis Paris jusqu'à cette ville de province près de la frontière suisse.

Il m'avait téléphoné quelques jours plus tôt. Il s'appelait Henri Bowen, un Français au nom anglais, journaliste pour l'un des quotidiens nationaux, j'ai oublié lequel maintenant. Il m'avait dit qu'il écrivait un article sur des personnes qui s'étaient fait un nom dans les années soixante mais qui avaient depuis disparu de la scène publique. Une sorte d'article du type « que sont-ils devenus ? ». J'ai hésité et lui ai dit que j'allais y réfléchir et le rappeler. Et j'y ai effectivement réfléchi — en fait, je n'ai pensé à rien d'autre de toute la journée. J'étais tenté, bien sûr ; cela flattait ma vanité, un trait de caractère que je croyais avoir réprimé il y a des années. Visiblement pas. Car j'ai été autrefois un homme très vaniteux. Mais j'étais à l'aise avec ça — pour être une sommité dans sa profession, un certain degré de vanité est nécessaire. Mais depuis ma chute, non, appelons ça ma retraite, il y a de nombreuses années, je m'étais contenté de sombrer dans l'oubli. Voulais-je qu'on se souvienne de moi ? Bien sûr que oui. L'occasion ne se représenterait peut-être jamais. Le lendemain, j'ai rappelé ce Monsieur Bowen et, comme je le savais, je lui ai dit que oui, je serais ravi d'être interviewé. Il semblait ravi.

Et le voilà, assis dans mon salon si bien rangé, l'endroit embaumant le désodorisant. Bel homme, cheveux plaqués en arrière, brillants, grand, très pâle, portant un costume crème élégant, poignée de main ferme.

— C'est un plaisir de vous rencontrer, Maestro.

— Oh, je vous en prie, Monsieur Bowen, laissons tomber le maestro. Je ne suis plus qu'un simple monsieur maintenant, et je m'en satisfais.

Il a refusé mon offre de thé et de biscuits et, à mon invitation, s'est assis sur mon canapé qui l'a englouti, le laissant l'air légèrement mal à l'aise. Il a observé les alentours et, je dois l'avouer, malgré mes efforts de nettoyage, j'avais honte. On ne pouvait le nier — je vivais dans un endroit si banal. Les tapis à motifs, les rideaux turquoise, le canapé mou, la vieille radio — rien de mal à tout cela, mais ça devait sembler très ordinaire à un jeune homme dynamique comme Henri Bowen. Étant donné ma célébrité passée, le respect que je commandais autrefois, il devait s'attendre à beaucoup plus. Je pouvais lire sur son visage — « comme les puissants sont tombés ». Il a fait de son mieux pour cacher son embarras.

— Mes parents avaient tous vos disques, a-t-il dit, presque en trébuchant sur ses mots. Ils adoraient tout ce que vous faisiez. Je crois que Richard Strauss était leur préféré.

Je me suis assis en face de lui, croisant les jambes.

— Vos parents avaient bon goût, Monsieur Bowen.

Il a ri poliment.

— Pour eux, si votre nom était dessus, alors ça ne pouvait qu'être bon.

Alors, que s'est-il passé ? Il ne l'a pas dit — mais à l'expression de son visage, il aurait tout aussi bien pu le faire.

— Avez-vous gardé certains de vos propres disques ?

— Non.

Sa réaction m'a obligé à m'expliquer.

— L'orientation musicale d'une personne change constamment. Ce que je pensais juste il y a vingt ans me fait maintenant... comment dire... grincer des dents. Avec l'âge, je regarde en arrière mon approche désinvolte et les libertés que j'ai prises, et je me sens, eh bien, si ce n'est pas embarrassé, du moins un peu penaud. Je crains que mon moi plus jeune n'ait eu une opinion plutôt gonflée de lui-même, pensant en savoir plus que les compositeurs qu'il essayait d'interpréter.

— Écoutez-vous beaucoup de musique maintenant ?

— Non, pas souvent. Je préfère la musique marocaine de

nos jours.

— Cela me surprend. Ça ne vous dérange pas si je prends des notes ?

— Je vous en prie. Dites-moi, Monsieur Bowen, ça ne me dérange pas, mais combien de temps pensez-vous que cela va prendre ? C'est juste que tous les jours à quinze heures, j'aime aller rendre visite à un voisin âgé. J'aime m'assurer qu'il va bien.

— Il y a largement le temps.

— Je n'ai pas vraiment besoin d'y aller, mais j'ai l'impression de faire ma part.

Pendant qu'il s'organisait avec un bloc-notes et un stylo, fouillant dans sa sacoche, il a mentionné un photographe.

— Ça ne prendrait que quelques minutes, a-t-il dit. Elle est très douée. Basée localement. Je vais lui demander de vous appeler.

— J'avais l'habitude de me faire photographier plusieurs fois par jour. Ce sera la première fois depuis bien des années.

Je n'étais pas sûr de ce que j'en pensais. Une partie de moi était, c'est sûr, excitée, mais l'idée que tout le pays me voie, tel que je suis maintenant, l'ombre de ce que j'étais, me perturbait.

— Vous avez l'air différent des photos.

— Nous vieillissons tous, Monsieur Bowen.

— Non, ce n'est pas ça — c'est quelque chose à propos de votre nez, je pense. Désolé, ça sonne impoli.

— C'est une longue histoire.

— Ça vous dérangerait si je fumais ?

— Oui.

Il a pris ce petit contretemps avec philosophie.

— J'ai fait mes recherches et lu à votre sujet dans les journaux et les magazines. Vous avez donné beaucoup d'interviews à l'époque.

— J'étais un homme très demandé, Monsieur Bowen.

— Oui, dit-il avec l'ombre d'un sourire. Je sais, avant votre succès en tant que chef d'orchestre, vous étiez un héros de la résistance.

— Un héros ? J'ai peut-être un peu exagéré. On m'a souvent qualifié ainsi, Héros de la Résistance. Cette étiquette m'a toujours mis mal à l'aise. Tambourinant des doigts sur mon genou, j'ai essayé d'expliquer. — Les mots résistance et héros sont trop souvent associés, comme si le simple fait d'être dans la résistance faisait automatiquement de vous un héros. Oui, j'étais dans la résistance, comme vous le savez, mais je n'ai jamais rien fait de particulièrement héroïque. Bowen a tenté de parler. Je l'ai coupé d'un geste de la main. — Oui, si j'avais été pris, cela aurait été désagréable, mais j'étais, comment dit-on de nos jours, un menu fretin. Je n'étais sur aucune liste ; je ne savais rien. Occasionnellement, on me confiait une course qui pouvait comporter un élément de risque, mais c'était à peu près tout. J'accomplissais ma tâche, sans histoires, et je rentrais chez moi.

— Oui, j'ai lu ce que vous avez dit. Néanmoins, à l'époque, pendant la guerre, ce devaient être des moments difficiles.

— Oh oui, je ne peux pas le nier. On n'avait aucun contrôle sur sa vie. J'avais toujours voulu diriger. Avant la guerre, j'avais obtenu une place dans une école de musique, mais les Allemands ont envahi avant que j'aie eu la chance de prendre mon poste. Après ça... eh bien. J'ai agité les mains en l'air. Il a compris. — À la place, j'étais contraint de diriger des orchestres invisibles sur le gramophone de mon père, jouant du Vivaldi ou de l'Elgar, ou quel que soit le favori de la semaine. Avant la guerre, nous écoutions, en famille, des concerts à la radio, mais une fois que les Allemands ont pris le contrôle, les radios ont été interdites.

— Au cas où vous auriez écouté la BBC, ou quelque chose comme ça.

— Exactement. Nous avons dû rendre nos radios. Ce fut un triste jour pour moi. Mais, vraiment, Monsieur Bowen, à propos de mes années de guerre, je n'ai rien à dire qui puisse vous intéresser. Sauf peut-être...

Il s'est penché en avant, son stylo suspendu au-dessus de son bloc-notes. — Continuez.

— J'ai rencontré une femme une fois. Il a levé un sourcil, une sorte de reconnaissance d'homme à homme. — Non, non, rien de ce genre. J'ai ri intérieurement. Si seulement cela avait été aussi simple, ai-je pensé. Mais non, cette femme allait avoir un impact bien plus grand sur ma vie que n'importe quelle épouse ou maîtresse n'aurait jamais pu avoir.

— Ah oui, la femme dans le train. Bien sûr, c'est ce que nos lecteurs veulent savoir - ce que vous en pensez maintenant, toutes ces années plus tard.

Je le craignais. Des décennies de dur labeur et d'efforts créatifs, anéantis en un instant. Mon cœur s'est accéléré. J'ai parlé, en gardant ma voix égale, récitant des mots que j'avais répétés parce que cela revenait toujours à cela. — C'est étrange, n'est-ce pas, comment une rencontre anodine peut avoir de telles répercussions, dans ce cas, de nombreuses, nombreuses années plus tard. Elle était beaucoup plus âgée que moi, pour commencer. C'était l'été 42. J'avais tout juste vingt ans. Encore un gamin, vraiment, bien qu'à l'époque je me considérais comme un homme. J'ai fait une pause.

— Vous allez bien, Monsieur ?

— Oui. Donnez-moi juste un moment.

Il s'est adossé au canapé et a promené son regard autour de la pièce, feignant de s'intéresser aux coupures de journaux et aux peintures de paysages que j'ai encadrées sur les murs.

Des tableaux obscurs sans valeur d'artistes oubliés. Plaçant mes doigts contre mes tempes, j'ai essayé de réfléchir. Voulais-je vraiment partager cette histoire avec, en fait, l'immense lectorat d'un journal national ? J'avais tout perdu, la fierté était tout ce qui me restait, et maintenant je semblais sur le point de perdre cela aussi. Je savais que pour beaucoup de gens de ma génération, j'étais l'une de ces personnalités dont on se demande « Qu'est-il devenu... ». N'était-il pas préférable que cela reste ainsi ; de laisser mes anciennes réalisations parler d'elles-mêmes ? Je le regretterais, je le savais, mais ce côté vaniteux était trop fort pour résister. J'avais eu mes années sous les feux de la rampe suivies de nombreuses autres dans l'obscurité. Je pensais être assez âgé, assez mûr, pour ne plus être tenté par l'attrait de la célébrité. Pouvais-je résister à une dernière tentative d'être au centre de l'attention, d'être le nom sur les lèvres des gens ? Non, malheureusement, je ne le pouvais pas ; c'était ma dernière chance de saisir le calice de l'infamie.

— Monsieur Bowen ?

— Maestro ? Il s'est redressé, luttant contre la succion du canapé, essayant sans succès de cacher son enthousiasme.

— Vous avez raison, d'une certaine façon, toute ma vie a été influencée par, comme vous l'appelez, la femme dans le train...

Deuxième partie

Saint-Romain, août 1942

J'avais acheté mon billet de train, un aller-retour, et j'attendais à l'extrémité du quai, faisant les cent pas, ma sacoche sous le bras. Il était presque midi par une journée d'été fraîche et morne, de lourds nuages dominant le ciel. Mais j'avais chaud, conscient des taches sombres de sueur sous ma veste. Je voulais juste en finir au plus vite, pour pouvoir rentrer chez moi et me terrer. Au-dessus de moi, un grand panneau suspendu indiquait "Sortie". Le train devait arriver d'un moment à l'autre. Tapotant mes poches, je vérifiais pour la énième fois la présence de ma carte d'identité et du laissez-passer autorisant mon déplacement — je rendais visite à mon ancien professeur de piano, c'était l'histoire à laquelle je devais m'en tenir. J'allais effectivement voir un ancien professeur de piano à Saint-Romain, donc si on me contrôlait, mon récit tiendrait la route. Néanmoins, mon estomac était noué par l'anxiété. À proximité, deux mères avec des poussettes partageaient une cigarette, se la passant l'une à l'autre, tout en discutant avec animation. L'un des enfants jouait avec un tigre en tricot, les yeux plissés de concentration. Plus loin, attendant également, se trouvait un groupe de soldats allemands. La vue de leurs uniformes me faisait toujours frissonner, aujourd'hui plus que jamais. Ils semblaient d'humeur joviale, comme s'ils étaient un groupe de touristes en excursion. Peut-être l'étaient-ils. Ils paraissaient si jeunes, pas plus âgés que moi. Je savais que si ma nation n'avait pas été vaincue si rapidement, j'aurais été obligé de m'engager à présent ; je serais en uniforme, on m'aurait remis un fusil et on attendrait de moi que je me batte. Tendant le cou, j'aperçus quelques soldats plus âgés, plus loin, qui semblaient considérer leurs jeunes collègues avec une certaine exaspération. Il semblait étrange de penser que, sans qu'ils le sachent, je travaillais avec la résistance locale, accomplissant des tâches, certes mineures, qui contribueraient à saper leur autorité. Je détestais cela, ayant un tempérament trop nerveux pour de tels actes de bravoure, mais quand on me le demandait, que pouvais-je faire ? Je pouvais difficilement dire non et risquer d'être étiqueté comme collaborateur. Mon contact, l'homme qui, d'une manière ou d'une autre, contre mon meilleur jugement, m'avait recruté, était un dur à cuire au nez aplati nommé Gapon. Monsieur Gapon. Je craignais Gapon et les hommes durs de la résistance plus que je ne craignais les Allemands. Mais c'était ainsi que la vie était. Il fallait choisir, prendre parti. Un jeune homme comme moi n'avait pas le luxe de la neutralité. C'était la deuxième fois que Gapon m'envoyait pour une telle mission — prendre des informations écrites sur une feuille de papier et les livrer à des camarades résistants dans la ville de Saint-Romain, un trajet en train de moins d'une demi-heure. Je devais trouver une excuse pour éviter toute mission supplémentaire. L'homme que j'avais remplacé, un jeune de vingt ans, comme moi, s'était fait prendre. La Gestapo l'avait horriblement torturé. Il était trop faible pour leur résister et, en conséquence, beaucoup d'autres avaient été arrêtés. Son nom était désormais sali ; il avait trahi ses compatriotes. Mais je sympathisais parce que je savais que, si j'étais pris, je balancerais des noms avant même qu'ils ne m'aient touché. Pas que cela servirait beaucoup la Gestapo. Les noms n'étaient que des noms de code. De toute façon, une fois qu'ils en avaient fini avec le pauvre homme, ils l'avaient envoyé en Allemagne pour travailler dans un camp de travail. Une condamnation à mort à peine déguisée.

J'entendis la vibration des rails et, quelques instants plus tard, je pus voir le train approcher, une chose énorme et laide avec son chasse-pierres proéminent à l'avant. Je n'avais pas à m'inquiéter de devoir partager un wagon avec les Boches — ils avaient toujours leurs propres wagons, ceux de première classe, réservés à leur usage exclusif. Le chef de gare apparut, un homme à l'air affairé avec son drapeau vert coincé sous le bras. Le train crachait de gros nuages de fumée noire dans les nuages. Deux hommes sautèrent du train avant qu'il ne se soit complètement arrêté et embrassèrent les deux jeunes mères. Le petit garçon laissa tomber son tigre. Je l'appelai. Sa mère le vit, le ramassa et me remercia. Je me sentis stupidement reconnaissant pour ses mots gentils. Je montai dans le dernier wagon tandis que, plus loin, les soldats se poussaient et se bousculaient comme une bande de gamins surexcités. Je trouvai un compartiment presque vide. Faisant glisser la porte, je demandai à son unique occupante, une femme âgée assise près de la fenêtre, si je pouvais me joindre à elle. Elle agita la main en guise d'assentiment, comme pour dire oui, d'accord, peu importe. Je m'assis au milieu de la rangée de sièges, ne voulant pas m'asseoir directement en face d'elle. Personne ne nous rejoignit et, après quelques minutes, le contrôleur à l'extérieur siffla et le train quitta la gare.

Bientôt, nous étions en pleine campagne. Je tournais mes pouces et croisais et décroisais mes jambes, me sentant malade jusqu'à la moelle, sachant que je transportais des informations qui pourraient me conduire devant la Gestapo. Le compartiment sentait légèrement le parfum de la femme. Je regardais fixement le paysage qui défilait, voyant des agriculteurs dans leurs champs, un cheval tirant une charrue, passant un village centré autour d'une église, son clocher attirant l'œil. Après quelques minutes, j'ouvris ma sacoche et en sortis ma lecture — la partition de l'opéra de Wagner, Tristan et Isolde. Je n'avais pas vraiment envie de lire, mais on m'avait dit de le faire — ça me ferait paraître plus normal. Alors, je me suis dit que si je devais lire, autant que ce soit de la musique. Je n'étais pas un grand fan de Wagner, beaucoup trop teuton et pompeux à mon goût, mais mon contact au village m'avait persuadé que, en cas d'interrogatoire, il serait préférable d'être vu en train de lire quelque chose d'allemand plutôt que de français.

J'étais tenté de jeter un coup d'œil au contenu de l'enveloppe illicite que Monsieur Gapon m'avait remise, celle qui me causait tant d'anxiété, maintenant nichée dans ma sacoche. Je n'avais aucune idée de son contenu. Mais je savais que c'était mieux ainsi. Tout ce que je savais, c'est que je devais la livrer à une femme qui travaillait à la gare de Saint-Romain. Je ne pourrais pas la manquer, m'avait dit Gapon — elle était africaine. Je gonflai mes joues — c'était affreux ; ce n'était pas ma vocation. J'avais été placé sur cette terre pour diriger de la musique. Mon heure, je le savais, viendrait. La guerre avait entravé mes grands projets, mais elle ne pouvait pas durer éternellement, et quand, enfin, des hommes plus courageux que moi auraient chassé les Allemands de notre terre et les auraient vaincus, alors je serais prêt.

Je n'avais pas beaucoup avancé dans la partition, pas plus que la fin de la scène d'ouverture, lorsque j'ai considéré la femme en face de moi. Elle avait les yeux fermés, les mains sur les genoux, un grand sac à main, plutôt comme une mallette, à ses pieds. Elle n'était pas aussi âgée que je l'avais pensé au départ - d'âge moyen, dans la cinquantaine peut-être, élégamment vêtue d'une veste bordeaux avec de lourdes coutures noires et un chemisier blanc à grand col. Sa peau semblait dure, comme si elle avait de nombreuses couches, mais étonnamment lisse. Elle avait des cheveux noirs de jais relevés en chignon, avec des sourcils assortis et proéminents. Elle avait un nez solide, des yeux enfoncés, un front proéminent et des lèvres tombantes. Elle me rappelait une institutrice de mauvaise humeur. Elle a ouvert les yeux, me prenant par surprise, et m'a regardé droit dans les yeux - comme si elle savait que je l'avais examinée. J'ai essayé de détourner le regard mais trop tard. Ses yeux me transperçaient ; cette fois, c'était à son tour de me considérer. Quand je lui ai jeté un coup d'œil, elle me fixait toujours, sans ciller, avec une nette expression de désapprobation. Mal à l'aise, j'ai reporté mon attention sur Wagner et j'ai fait semblant de lire.

— Qu'est-ce que vous étudiez ? Sa voix confirmait l'image de la vieille maîtresse d'école - forte, tranchante et bien articulée, comme quelqu'un pressé.

— Je, euh, c'est Wagner, ai-je bégayé, incapable de croiser son regard.

Elle n'a pas répondu pendant quelques instants, comme si elle réfléchissait à cette miette d'information. Finalement, elle a demandé : — Pourquoi pas un compositeur français ?

Oh, l'ironie. — Je les étudie aussi. Debussy, Ravel, Bizet-

— Vous n'avez pas besoin de les énumérer, je sais parfaitement qui ils sont.

— Oui. Désolé.

— Il n'y a pas besoin de s'excuser, a-t-elle dit. Vous étudiez la musique ?

— Pas pour le moment mais un jour je serai chef d'orchestre.

— Oh, vraiment ? Vous semblez très sûr de vous.

Cette fois, je l'ai regardée directement en disant fermement : — Oui. Chef d'orchestre.

Enfin, elle a détourné son regard de moi. — Je vous souhaite bonne chance, a-t-elle dit en regardant par la fenêtre un bois qui défilait.

J'ai reporté mon attention sur la partition mais bien qu'elle semblait, heureusement, avoir perdu tout intérêt pour moi, je ne pouvais plus me concentrer. Pour une raison quelconque, notre brève conversation m'avait perturbé.

J'ai regardé ma montre - nous serions arrivés dans moins d'un quart d'heure.

Quelques minutes plus tard, la porte du compartiment s'est brusquement ouverte. Mon cœur a fait un bond. Debout dans l'embrasure, profondément intimidants, se tenaient deux soldats allemands. — Papiers, a aboyé le premier, un homme grand aux petits yeux bleu acier, portant une casquette à visière et un brassard avec une croix gammée. J'avais déjà vécu cette situation et je m'en étais sorti. C'était pire - mon échange avec la femme m'avait rendu nerveux. Je savais que c'était évident mais je n'avais pas la force de contrôler mes mains tremblantes. Pendant que je fouillais maladroitement dans mes poches à la recherche de ma carte et de mes papiers, la femme a tendu ses documents à l'Allemand. Il y a jeté un coup d'œil et les lui a rendus d'un signe de tête. — Dankeschön, a-t-elle dit en les remettant dans sa poche intérieure.

— Et vous, m'a-t-il dit en claquant des doigts, tandis que son collègue à la tête carrée se tenait derrière. Je les lui ai tendus, sachant que la culpabilité était inscrite sur tout mon visage. Il a examiné attentivement ma carte, jetant des coups d'œil de la photo à moi et vice versa, plissant les yeux. J'ai essayé de calmer mes nerfs, conscient de la sueur qui se formait sur mon front. — Pourquoi allez-vous à Saint-Romain ?

— Pour rendre visite-

— La vraie raison.

Mon estomac s'est noué. Je ne savais pas quoi dire.

— Eh bien ?

C'est la femme qui a parlé ensuite - en allemand, parlant rapidement.

Il a réfléchi à ses paroles pendant quelques instants, s'est incliné de manière légèrement exagérée, et est sorti en poussant son collègue, qui a fermement refermé la porte derrière lui.

La femme m'a regardé à nouveau, sans expression. Je ne savais pas quoi dire. Si je la remerciais, cela ne ferait que confirmer ma culpabilité. Que leur avait-elle dit, me suis-je demandé.

Nous sommes restés assis en silence comme avant - moi faisant semblant de lire la partition, elle regardant par la fenêtre. Je savais que j'étais loin d'être en sécurité - je devais encore affronter l'épreuve de passer devant les gardes à la gare.

Finalement, le train a commencé à ralentir - nous approchions de Saint-Romain. Elle a étiré ses bras et pris une profonde inspiration. J'ai alors réalisé qu'elle aussi descendait ici. J'ai remis la partition dans ma sacoche.

La gare est apparue, un endroit beaucoup plus grand que notre gare locale, avec plusieurs quais et des trains qui allaient et venaient. Nous nous sommes tous deux levés. Tout en vérifiant le contenu de sa mallette, elle a parlé : — Quand nous passerons devant les gardes sur le quai, vous devrez marcher à côté de moi. Ayez vos documents prêts. Ne dites rien.

J'ai hoché la tête. Fermant sa mallette d'un clic, elle a attendu que j'ouvre la porte.

Le quai ici était bien plus animé — beaucoup de gens, français et allemands, certains avec de lourds bagages, montaient dans le train, quelques-uns en descendaient. Un porteur passa en trombe devant nous, poussant un chariot chargé de valises, un vendeur de journaux faisait de bonnes affaires, tout comme un kiosque vendant du tabac et des sucreries. La femme marchait d'un pas vif, évitant les autres, tandis que j'essayais de suivre le rythme. À l'extrémité du quai, je pouvais voir la barrière ornée de drapeaux à croix gammée et gardée par de nombreux nazis dans leurs uniformes hideux, avec des bergers allemands tirant sur leurs laisses. C'était une vision inquiétante. Ils avaient renforcé leur présence depuis la dernière fois que j'étais venu ici. Je savais que je n'aurais jamais pu faire cela seul, et j'étais soulagé d'avoir ma nouvelle compagne à mes côtés. Nous avons dû faire la queue pendant un moment car les gardes devant nous arrêtaient tout le monde, les fouillaient et inspectaient leurs sacs. Je cherchais des yeux une poubelle où je pourrais jeter mon enveloppe compromettante. La femme, sentant mon inquiétude, me regarda et articula silencieusement : « Ne t'inquiète pas », avant de fixer à nouveau droit devant elle.

Lentement, nous sommes arrivés en tête de la file. Ma compagne présenta ses documents et me fit signe de faire de même. Une fois de plus, elle leur parla de cette même voix autoritaire en allemand, et une fois encore, quoi qu'elle ait dit, cela fonctionna. Le garde s'inclina, lui rendit ses papiers et fit signe à ses collègues de nous laisser passer. Personne, à part l'un des chiens, ne prit même la peine de me regarder. Nous étions passés dans la partie principale de la gare avec son haut toit voûté et l'agitation de tant de gens. Le soulagement m'envahit. Cette fois, dans mon enthousiasme, je la remerciai.

— S'il te plaît, ne dis plus un mot.

— Je suis désolé.

Je crois qu'elle a peut-être souri un instant. — C'est ici que nos chemins se séparent.

— Oui. Je lui tendis la main. Elle ne la prit pas.

— Puis-je connaître ton nom ? demandai-je en baissant le bras.

— Non. Elle se retourna pour partir. Avant de me quitter, elle s'arrêta et, se retournant, dit : — J'ai hâte de te voir diriger un jour.

— Oui, je... Mais elle était partie, disparaissant dans la foule.

*

Donc, maintenant je devais trouver la femme africaine et lui remettre mon message. Ce ne fut pas difficile, elle savait que quelqu'un la chercherait, et je la vis, une femme noire de petite taille mais corpulente dans son uniforme de chemin de fer avec sa casquette à visière, portant une pile d'enveloppes. Elle m'observa tandis que je m'approchais d'elle.

— Pouvez-vous me dire l'heure du prochain train pour Rennes, s'il vous plaît ? C'étaient les mots qu'on m'avait dit de prononcer.

— Pas avant au moins deux heures, Monsieur. Et c'étaient les mots qu'on m'avait dit qu'elle me répondrait. — Suivez-moi, dit-elle, avec son fort accent africain. Elle me conduisit à l'arrière d'un kiosque à journaux, regardant autour d'elle d'une manière que je trouvais plutôt évidente. — Vous avez quelque chose pour moi ? Je crois qu'elle a dit.

— Pardon ?

Elle leva les yeux au ciel. — Vous n'écoutez pas ? J'ai dit...

— Oh, oui. Je sortis l'enveloppe de mon sac et la lui passai.

— Bien, dit-elle, en insérant mon enveloppe au milieu de sa pile. Sans un mot de plus, elle pivota sur ses talons et s'éloigna rapidement.

— Merci beaucoup, marmonnai-je dans ma barbe. Néanmoins, j'étais énormément soulagé d'être débarrassé du document compromettant. Maintenant, enfin, je pouvais respirer librement. Je la vis entrer dans un bureau portant l'inscription « Personnel Seulement » sur la porte.

Je flânai vers la sortie de la gare. Deux policiers français se tenaient de chaque côté, scrutant la foule. Au-dessus des grandes portes, un portrait encadré du Maréchal Pétain, le chef de notre gouvernement collaborationniste, bordé de deux drapeaux français. Je m'arrêtai pour vérifier l'adresse de mon professeur de piano sur un bout de papier, tandis que les gens se pressaient autour de moi. Une mère, portant une petite valise mais bien remplie, criait à son enfant de se dépêcher ; deux hommes se heurtèrent et commencèrent à se disputer. — Pourquoi ne regardez-vous pas où vous allez, dit le plus grand, ramassant son chapeau par terre. Une annonce de la gare diffusa l'heure du prochain train sur le quai quatre ; deux hommes sur des échelles affichaient une nouvelle affiche sur le mur de la gare.

J'étais sur le point de partir quand j'entendis une autre agitation derrière moi. La porte du bureau de la gare était ouverte. Je vis le dos d'un uniforme allemand ; j'entendis des cris en français avec un accent allemand, rivalisant avec la dispute entre les deux Français qui s'étaient heurtés. Était-il arrivé quelque chose à ma femme africaine ? Je devais voir si quelque chose n'allait pas. En m'approchant, j'entendis un

Allemand dire : — Nous pouvons faire ça ici ou vous venez avec nous au QG — c'est à vous de choisir. D'autres, comme moi, étaient venus voir ce qui se passait. Nous pouvions voir à l'intérieur, la femme africaine, dominée par deux officiers allemands, incapable d'échapper à leur emprise. Elle croisa mon regard, son expression était de confusion et de peur. L'un des Allemands suivit son regard. Il me vit et nous restâmes tous deux figés pendant une seconde, nous fixant l'un l'autre. Puis, instinctivement, je courus. J'entendis l'Allemand crier : — Hé, vous, arrêtez-vous.

Les deux policiers français l'avaient aussi entendu, mais ils s'étaient éloignés de la sortie, s'étant empêtrés avec les deux hommes qui se disputaient. J'ai sprinté hors de la gare, zigzaguant entre les gens, les porteurs et les pigeons, et j'ai couru dans la rue, poursuivi par plusieurs hommes en uniforme.

— Écartez-vous, écartez-vous, ai-je entendu l'un crier.

— Arrêtez-vous immédiatement, a hurlé un autre.

J'ai tourné dans une rue sur ma droite, traversant la route en courant. Une voiture a freiné brusquement, le conducteur klaxonnant. Je n'avais aucune idée d'où j'étais ; je savais seulement que je devais continuer.

— Arrêtez-vous ou nous tirerons !

Un coup de semonce a retenti. Les gens dans la rue ont crié. Une mère a tiré son enfant contre elle en se plaquant contre un mur. Je savais que le deuxième tir me serait destiné. Je n'avais pas le choix et je me suis arrêté, levant les mains en l'air, la poitrine haletante alors que j'essayais de reprendre mon souffle. J'ai refusé de me retourner, mais j'ai entendu leurs lourdes bottes sur le goudron s'approcher rapidement de moi. L'un d'eux m'a poussé contre la porte d'une boulangerie, mon visage s'écrasant contre la vitre.

— Vous êtes rapide, a-t-il dit, essoufflé, tandis que ses collègues nous rattrapaient, mais pas assez rapide.

Il a enfoncé son revolver dans mon dos.

— Contre le mur. Les jambes écartées.

Le boulanger m'a fait un signe de la main depuis l'intérieur de la boutique pendant qu'un deuxième Allemand me fouillait, ses grosses mains à l'intérieur de ma veste, contre ma chemise, vérifiant chaque poche. Me saisissant par l'épaule, il m'a fait pivoter.

— Ouvrez votre sac.

Ils étaient trois, leurs revolvers dégainés.

— Est-ce un code ? a-t-il demandé, brandissant la partition.

— Non, c'est une partition — Wagner. Il est allemand.

— Mm. Vous n'avez rien sur vous, a dit le deuxième, une fois qu'il eut retourné mon sac. Alors pourquoi fuyez-vous, hein ? Que cachez-vous ?

— Rien.

— Rien ? Vous fuyez pour rien ?

— Je suis pressé.

— N'essayez pas d'être drôle. Bon, vous venez avec nous.

— Mais je n'ai rien fait de mal.

— On verra bien.

Les passants s'arrêtaient pour regarder tandis que j'étais escorté de retour à la gare, mes mains toujours au-dessus de ma tête, mes trois Allemands derrière moi. Ceux qui venaient vers moi descendaient du trottoir pour me laisser passer, des regards inquiets sur leurs visages. Une femme âgée vêtue de noir m'a fait un clin d'œil. Peut-être pensait-elle que j'étais une sorte de héros.

Nous étions presque de retour à la gare quand j'ai entendu ce qui était maintenant une voix familière crier en allemand.

— Halt, a dit l'un des soldats.

Et elle était là — la femme du train, réprimandant les Allemands tout en leur montrant sa carte d'identité. Ils se la sont passée de l'un à l'autre tandis qu'elle se lançait dans un long récit, parlant rapidement de ce ton autoritaire.

L'un d'eux a répondu d'une voix basse. L'échange s'est poursuivi en allemand tandis que je les observais, osant espérer que je m'en sortirais.

Les Allemands ont répondu d'une seule voix, semblant s'excuser. Se tournant vers moi, la femme a dit :

— J'ai expliqué aux messieurs et ils réalisent qu'ils ont fait une erreur. Vous êtes libre de partir.

J'ai ouvert la bouche, ne sachant pas quoi dire ni comment la remercier.

— Acceptez nos excuses, Monsieur, a dit l'un des soldats.

— Oh, oui. Une erreur facile à commettre, ai-je dit avec une assurance que je ne ressentais pas.

Je me suis incliné devant la femme et j'ai même claqué des talons.

— Merci, Madame.

Je suis rapidement retourné à la gare. Au diable mon professeur de piano, ai-je pensé ; je rentrais chez moi.

Paris, novembre 1966

L'intérieur du théâtre est presque sombre, seules quelques appliques murales brillent faiblement. L'orchestre attend en silence, leurs instruments prêts. Le public, tout aussi silencieux, attend avec impatience. Quelqu'un tousse, mais sinon un calme s'est installé. L'air est chargé d'attente. Je me tiens dans les coulisses et me ressaisis. Je prends une profonde inspiration. Inconsciemment, je tapote ma baguette contre ma jambe, mais je ne suis pas nerveux ; je suis trop bon pour ça, mais je sens tout de même l'adrénaline monter en moi, s'infiltrant dans mes veines. Le régisseur me fait signe. Il est temps. Je m'avance. Un projecteur m'éclaire et suit mes pas sur la scène. Le public éclate en applaudissements enthousiastes. J'atteins le pupitre. Je me tourne et fais face au public. Je m'incline profondément. Le public applaudit avec encore plus d'enthousiasme. Puis, je me retourne et fais face à mon orchestre. Lentement, peu à peu, le public redevient silencieux. Le calme est encore plus intense maintenant. Je tapote ma baguette contre le pupitre. L'orchestre me regarde, attendant mon signal. Il est temps de commencer.

Un chef d'orchestre porte une immense responsabilité — un mauvais chef peut rendre une œuvre magnifique médiocre, réduire un orchestre estimé à une foule confuse, et peut même altérer les plus grands chanteurs. Le compositeur, qui a peut-être passé des années à écrire et perfectionner son œuvre, est alors entièrement entre les mains du chef qui la fait vivre. On dit que même Beethoven, accablé par sa surdité, a ruiné sa propre œuvre en tant que chef d'orchestre. L'orchestre dépend autant de son chef qu'un nouveau-né dépend de sa mère.

Diriger un orchestre de quatre-vingts musiciens dans les limites d'un studio d'enregistrement est très différent d'une représentation en direct. On se sent contraint ; ce n'est pas un cadre naturel. Dans une situation live, le chef et les musiciens se nourrissent du public et de l'environnement ; il y a une énergie naturelle qui nous pousse à de plus hauts faits, à une meilleure performance. Ce n'est pas le cas dans un studio, avec son atmosphère feutrée et artificielle. Toute spontanéité est détruite. En tant que chef, on doit pousser ses troupes à produire une musique qui dépasse le simple travail. Théoriquement, un enregistrement en studio permet de s'arrêter et de réenregistrer autant ou aussi peu que nécessaire ; il offre l'opportunité d'atteindre la perfection. Pourtant, en réalité, c'est exactement l'inverse — il agit comme un frein à la créativité, il rend les musiciens et le chef trop conscients d'eux-mêmes. Nous suivons la musique, pas nos cœurs. Par conséquent, on doit travailler dix fois plus dur pour essayer de produire une œuvre digne de son nom et des attentes du compositeur.

Ensuite, du studio d'enregistrement à la salle de montage, où la technologie joue son rôle, où l'on peut élever une performance à quelque chose de proche de ce que l'on entend dans sa tête. À la fin du processus, on se retrouve avec une interprétation parfaite, parfaite mais sans âme. Mon premier enregistrement en studio, avec mon nouvel orchestre parisien, était la Première Symphonie de Brahms. Cela m'a presque fait faire une dépression, notamment parce que je portais le poids des attentes. L'orchestre et moi avions été engagés par une grande maison de disques américaine. Ils attendaient de grandes choses de nous, et de moi en particulier ; ils attendaient un retour sur leur investissement. J'avais un budget d'enregistrement qui, bien qu'il puisse sembler généreux sur le papier, n'allait jamais être suffisant. À la fin, c'est l'argent, pas le temps, qui m'a forcé à déclarer le travail terminé. Les dirigeants du label étaient ravis, me félicitant pour un si beau travail. J'ai accepté leurs remerciements avec dignité tout en passant des nuits blanches, sachant pertinemment que je n'avais même pas commencé à capturer l'œuvre comme je l'avais prévu.

J'ai passé une journée à être photographié pour la pochette du disque. Mon beau physique, disaient-ils, aiderait à augmenter les ventes. Augmenter ? Les mots me manquaient. Étais-je en train de vendre des céréales, leur ai-je demandé ? Ils ont insisté et je n'avais pas le choix. Mais, je l'admets, le résultat final était impressionnant — moi avec mes mains en l'air, tenant ma baguette, le front brillant de la sueur artistique.

Puis vint le jour de la sortie — je m'attendais au pire et j'aurais préféré vendre des céréales après tout. Je n'aurais pas dû m'inquiéter — il s'est vendu au-delà des attentes. J'ai fini avec la meilleure vente classique de l'année dans toute la France. Mon nom était connu dans tout le pays. Mes patrons américains étaient ravis ; mon banquier et ma femme encore plus. Les maisons de disques françaises, qui n'avaient pas réussi à me signer, surenchéries par leurs concurrents américains, ont fait allusion à mon manque de patriotisme.

L'année suivante, j'étais de retour en studio — plusieurs fois. Les Américains avaient leur poule aux œufs d'or et ils allaient faire en sorte d'en tirer le meilleur parti. Je n'ai jamais appris à apprécier le travail en studio, mais j'ai vite appris à apprécier les fruits de mon labeur. Michèle et moi avons acheté une grande nouvelle maison dans une banlieue aisée du sud de Paris, bien plus grande que ce dont nous avions besoin. J'ai acheté deux belles voitures, de nouveaux vêtements, les derniers gadgets et innovations. Mes enregistrements ont remporté des prix, j'ai été interviewé, mon visage est apparu en couverture de magazines ; on m'a demandé de promouvoir divers produits, augmentant encore mes revenus.

Michèle et moi nous sommes mariés en 1949. Une cérémonie discrète ; j'étais encore chef d'un petit orchestre provincial, et ma paie était maigre. Michèle en était l'altiste. Mais, contrairement à moi, la musique n'était pas son obsession ; elle n'avait jamais imprégné sa moelle. Elle jouait modérément bien et la musique était un moyen de gagner sa vie. L'alto était, pour elle, simplement l'outil de son métier. Elle était petite avec de lourdes paupières, un nez pointu, des joues à fossettes et un sourire des plus agréables. Elle aussi avait été dans la résistance, mais un membre beaucoup plus actif que moi. Elle avait été arrêtée et brutalement torturée par la Gestapo. Elle avait plusieurs cicatrices qui sillonnaient son dos. Elle ne m'a jamais donné les détails, il suffit de dire qu'en conséquence, elle n'aura jamais d'enfants. Tel était mon amour pour elle, cela ne me dérangeait pas. Hélas, j'ai toujours senti que notre amour était plutôt à sens unique, que la Gestapo, en plus de laisser les cicatrices, l'avait aussi dépouillée de sa capacité à aimer. Quand je l'ai rencontrée à Paris dans les jours qui ont suivi la libération, elle était si vibrante, sa joie de vivre était contagieuse. Elle était « quelqu'un », elle avait de l'influence, les hommes l'écoutaient. Mais après la guerre, une fois que les choses ont commencé à se stabiliser, elle semblait avoir perdu son chemin et rien de ce que je faisais ou disais n'aidait. La paix semblait si terne pour elle ; c'était comme si elle avait besoin de la guerre pour se sentir vivante.

Dix-sept ans plus tard, j'étais au sommet de ma carrière. Les choses ne pouvaient pas mieux se passer. Il ne m'était jamais venu à l'esprit, pas même un instant, que tout pourrait un jour éclater comme une bulle. C'était à Paris, en novembre soixante-six. Je venais de diriger la Cinquième de Mahler, toujours une affaire épuisante, quand j'ai reçu une visiteuse. J'étais dans ma loge, en coulisses de la Salle Pleyel, portant encore mon smoking, mon nœud papillon défait. C'était une de ces loges traditionnelles avec des ampoules autour du miroir. Sur la coiffeuse devant moi, une bouteille de champagne à moitié vide dans un seau à glace ; j'en avais déjà bu trois verres coup sur coup. J'étais affalé dans mon fauteuil, reprenant encore mon souffle, rejouant la musique dans ma tête, souriant bêtement à mon reflet et me félicitant d'un nouveau succès quand on frappa à la porte. — Le Maestro accepterait-il de recevoir une visiteuse ? demanda un membre pâle du personnel du théâtre. Serait-ce opportun ?

— Non, dis-je, l'apercevant dans le miroir. Toute interview doit être arrangée avec mon agent. Je ne pouvais vraiment pas faire face à un autre journaliste ou critique musical à ce moment-là.

La jeune femme s'inclina et, fermant la porte, disparut.

Je me versai un autre verre de champagne et, le levant, portai un toast à mon reflet. La soirée n'aurait pas pu mieux se passer. Enfin, il y avait bien une chose, mais j'avais renoncé à cela depuis longtemps. Michèle ne venait jamais à mes concerts. Elle le faisait, au début, il y a des années, quand j'étais encore relativement inconnu. Mais depuis que j'étais devenu célèbre, elle préférait rester à l'écart. Elle n'aimait pas les feux de la rampe, disait-elle, toute cette attention. Je ne comprenais pas. L'attention, les feux de la rampe, étaient sur moi, pas sur elle. Ne voulait-elle pas partager mes triomphes, se réjouir de mon succès ? Non. Malheureusement non. Elle ne le voulait pas. Je rentrais à la maison, épuisé par l'adrénaline qui s'évaporait, et je la trouvais au lit, endormie. Certes, il était toujours très tard, mais quand même, après une telle excitation, une telle adulation, rentrer dans une maison calme et sombre était comme recevoir un seau d'eau froide sur la tête.

On frappa à nouveau à la porte. — Qu'est-ce que c'est encore ? criai-je.

Le membre du personnel du théâtre, maintenant encore plus pâle, passa la tête par la porte. — Je suis terriblement désolée de vous déranger à nouveau, Maestro, mais cette visiteuse insiste beaucoup. Elle dit qu'elle doit absolument vous voir.

Je soupirai profondément, fixant toujours mon reflet. — Bon sang, dis-je à voix basse. Puis plus fort : — D'accord, je cède ; faites-la entrer, qui qu'elle soit.

— Oui, Maestro. Merci.

J'espère que ça en vaut la peine, pensai-je en finissant mon verre de champagne. Quelques secondes passèrent. Puis j'entendis le bruit de pas lourds sur le tapis du couloir à l'extérieur de ma loge. Un coup à la porte.

— Entrez.

— Bonsoir, Maestro, dit l'inconnue derrière moi.

Je pivotai sur ma chaise. J'ouvris la bouche pour dire quelque chose mais les mots restèrent coincés dans ma gorge. Debout devant moi se tenait non pas une journaliste, non pas une critique, mais la femme du train d'il y a toutes ces années. Elle avait l'air élégante dans un imperméable sur mesure et un foulard en soie. Elle avait un peu vieilli, après tout, vingt ans s'étaient écoulés, quelques rides sur son visage, ses cheveux noirs, maintenant beaucoup plus longs, étaient striés de gris, mais sinon elle avait à peu près la même apparence.

— Avez-vous du temps ?

— Oui, bien sûr, dis-je, manquant presque de tomber de ma chaise pour l'inviter à entrer. Elle me tendit la main. Je la pris. — Quelle surprise. Comment... comment m'avez-vous trouvé ?

Elle rit. — Ce n'était pas difficile - votre visage est partout.

— Je suppose.

Elle me regarda de haut en bas, voyant ce que le temps m'avait fait au cours des années écoulées. — Vous avez l'air en forme. Vous vous en sortez bien.

— Oui, peut-être. Je suis désolé - prenez donc un siège. Je lui proposai ma chaise devant le miroir mais à la place, elle s'assit sur la petite chaise dans le coin de la pièce.

— Celle-ci fera très bien l'affaire, dit-elle, ayant l'air légèrement absurde alors qu'elle calait son postérieur sur le minuscule siège.

— Puis-je vous offrir quelque chose à boire ? Du champagne peut-être ?

— Non, non, je ne veux pas prendre de votre temps.

— Avez-vous... Je veux dire, étiez-vous ici pour le concert ?

— Oh oui. En fait, j'en ai assisté à plusieurs. J'ai suivi votre carrière avec intérêt. Je me souviens toujours de notre conversation dans le train. Vous aviez dit qu'un jour vous seriez chef d'orchestre. J'ai peut-être douté de vous. Pour cela, je m'excuse, car vous voilà. Non seulement chef d'orchestre mais le plus célèbre de France. Je vous félicite.

D'habitude, je peux encaisser les compliments sans

broncher ; j'étais bien rodé maintenant, mais cette fois-ci je me sentis véritablement gêné. — Merci. Et vous, Madame, vous avez l'air en forme.

— Je le suis, merci. Je ne vous ai jamais dit mon nom. Permettez-moi de me présenter - Mademoiselle Lapointe. Vous devez m'appeler Hilda.

— Et mon nom est-

— Oh, je connais votre nom. Le pays entier connaît votre nom maintenant.

— Ha, vous me faites passer pour un des Beatles.

— Oh, je vous en prie, Maestro, pas besoin de vous comparer à ces délinquants et leur musique nègre.

Je préférai ne pas dire que j'admirais plutôt les quatre garçons d'outre-Manche. — Mademoiselle Lapointe-

— Hilda, s'il vous plaît.

— Hilda - je vous suis toujours reconnaissant, après toutes ces années, de m'avoir aidé ce jour-là. Je ne l'ai jamais oublié. J'avoue que je transportais des documents qui... eh bien, s'ils avaient été découverts...

— Cela aurait été compromettant ?

J'ai souri. — Oui, exactement.

— C'est de l'histoire ancienne maintenant.

— Oui. Oui, en effet.

Nous sommes restés assis en silence pendant un moment, nous remémorant une époque qui semblait si lointaine et si étrangère qu'elle en paraissait irréelle maintenant.

J'ai éclairci ma gorge. — Aimeriez-vous, Mademoiselle, Hilda, manger un morceau ? Il y a tellement de-

Elle a levé la main. — Non, non. C'est très gentil à vous, Maestro, mais non. Je voulais juste... Elle s'est levée. En réarrangeant son foulard, elle a dit : — Je ne sais pas... vous dire bonjour, je suppose, et vous dire à quel point je suis heureuse que les choses aient si bien tourné pour vous.

— Eh bien, merci. Si ça n'avait pas été pour vous, les choses auraient pu tourner très différemment. Elle a semblé satisfaite de cela ; satisfaite de la reconnaissance. — Mais ce que j'ai toujours voulu savoir, c'est qu'est-ce que vous leur avez dit exactement ?

— Disons simplement que j'ai utilisé mes pouvoirs de persuasion.

— Oui, mais que-

— Je dois partir. C'était charmant de vous revoir. Nous nous sommes serré la main à nouveau, et je l'ai raccompagnée à la porte avant de la confier à l'ouvreuse pour qu'elle la guide vers la sortie.

En fermant la porte, je me suis affalé dans mon fauteuil et j'ai souri à mon reflet. Oui, ai-je pensé, peut-être que si elle n'était pas intervenue il y a toutes ces années, si elle n'avait pas offert sa protection, les choses auraient bien pu tourner très différemment.

Je me suis versé un autre verre de champagne et j'ai porté un toast à moi-même et à mon succès continu. Il était tard. Il était temps, ai-je décidé, de commander une voiture pour me ramener chez moi.

Août 1942

Après mon évasion de justesse à la gare, je suis resté chez moi, ne voulant pas m'aventurer dehors de peur de tomber sur Monsieur Gapon. Ma mère s'est inquiétée pour moi, me demandant si j'allais bien. — Ce n'est pas naturel pour un jeune homme de ne jamais sortir, m'a-t-elle dit. Elle m'a dit que j'avais le teint blafard et que j'avais besoin de prendre l'air. Environ une semaine plus tard, Monsieur Gapon est venu frapper à la porte. Je ne savais pas qu'il connaissait mon adresse.

— Malheureux incident avec la femme africaine, a-t-il dit en jetant des coups d'œil dans la rue. Il avait le nez aplati comme si quelqu'un l'avait frappé, et de petits yeux qui ne cessaient de bouger. Monsieur Gapon était fermier et d'une façon ou d'une autre, il transportait avec lui l'odeur du fumier. Il était évident qu'il voulait être invité à entrer, mais j'ai résisté. Je ne voulais pas que cet homme entre chez moi, comme s'il allait le souiller d'une certaine manière.

— Que lui est-il arrivé ? ai-je demandé, ne serait-ce que pour sauver les apparences. La vérité est que je ne voulais pas savoir, je ne voulais pas être davantage entraîné dans son orbite.

Il a haussé les épaules. — À mon avis, soit elle a été imprudente, soit pire...

— Oui ?

— Nous avons un rat dans nos rangs.

— Oh.

Il m'a alors regardé avec une expression dure. — Et si nous découvrons qui est ce rat, croyez-moi, sa vie ne vaudra plus rien. Il a passé son doigt en travers de sa gorge. J'ai dégluti. — Maintenant, écoutez, j'ai un autre travail pour vous.

— Oh ? Eh bien...

— Un peu plus dangereux cette fois.

— Ah, eh bien, oui. Écoutez, Monsieur, j'aimerais beaucoup mais je ne peux pas pour le moment. Vous voyez...

Il a penché la tête.

— Eh bien, vous voyez, c'est ma mère. Elle est... elle est très malade en ce moment.

— Ça ne vous prendra pas longtemps.

— Oh, mais je ne peux pas la laisser, le... le m-médecin l'a dit. Il-il a dit que je ne devrais pas la laisser. Pas même une minute.

Il a regardé par-dessus mon épaule, essayant de voir à l'intérieur de la maison. — Est-elle mourante ?

— Non. Oui. Je, euh... Ce que je veux dire, c'est que je ne sais pas.

Il a secoué la tête, m'a jeté un regard méprisant et s'en est allé.

L'occupation se poursuivait autour de moi, mais j'essayais de ne pas la laisser empiéter sur ma vie. J'étais fréquemment arrêté par une paire officielle d'Allemands alors que je vaquais à mes occupations, et on me demandait ma carte d'identité, mais à part cela, j'étais libre de poursuivre mon intérêt pour la musique. Franchement, j'étais plus inquiet à propos de

Monsieur Gapon que des Boches. J'avais désespérément envie de quitter mon village endormi. Ma mère m'irritait, et mon père était mort quand j'étais jeune. Je ne me sentais aucune attache avec cet endroit et je voulais tellement sortir et explorer le monde. Mais j'ai appris à être patient — je savais que mon heure viendrait. J'avais peut-être perdu ma place au conservatoire, mais j'allais voir mon professeur de piano à Saint-Romain. Occasionnellement, je donnais un récital à l'église locale. Privé de divertissement, cela attirait toujours un bon public, y compris un certain nombre d'Allemands reconnaissants. Je ne l'aurais jamais dit à voix haute, mais franchement, les Allemands avaient une meilleure compréhension de la musique que nos philistins locaux.

Un mois ou deux plus tard, Monsieur Gapon est revenu.
— Comment va votre mère ? a-t-il demandé, l'odeur de fumier agressant mes narines.

— Oh, pas très bien.

— C'est curieux. Elle semblait en forme quand je l'ai vue au marché hier.

— Oh oui, oui, elle peut marcher maintenant mais, vous savez, elle se fatigue très vite. Je dois m'assurer...

— Bien, maintenant qu'elle est debout, j'ai un travail pour vous.

— Je ne peux pas, Monsieur. Autant que je veuille faire ma part, j'ai un... un examen de piano qui approche.

— Un examen de piano ? a-t-il dit, en articulant lentement les mots.

Mon visage est devenu rouge. — Oui, c'est terriblement important, vous voyez...

Il a levé la main. — Oubliez ça. Si votre examen de piano est plus important que l'avenir de notre nation, alors je n'ai pas de temps à vous consacrer. Il s'est retourné pour partir mais, hélas, s'est arrêté. Enfonçant son gros doigt dans ma poitrine, il a dit : — Ne pensez pas que je vais oublier ça. Quand le jour de la libération viendra, surveillez vos arrières, jeune homme.

Ma bouche s'est ouverte et fermée, comme un poisson luttant pour respirer. Mais avant que je puisse penser à quelque chose à dire, il était parti.

Je n'ai vu Monsieur Gapon qu'une seule fois de plus. En fait, j'ai été la toute dernière personne qu'il ait jamais vue. C'était environ deux mois plus tard, en novembre 1942. J'étais au marché en plein air, faisant des courses pour ma mère. Nous avions perpétuellement faim ; la nourriture était rare. Toutes les choses que nous prenions pour acquises avant la guerre n'étaient plus qu'un lointain souvenir — la viande, la volaille, les œufs, le fromage, le poisson. Le peu qu'il y avait était détourné par les Boches ou les collaborateurs connus. Tout ce que j'avais dans mon filet à provisions était quelques pommes de terre et un oignon abîmé. Un vent féroce s'engouffrait dans les passages entre les rangées d'étals, me mordant. Un marchand jonglait avec trois pommes de terre quand nous avons entendu un tumulte tout près. Quelqu'un courait, je pouvais le voir à travers les étals du marché, zigzaguant entre les acheteurs dans l'allée adjacente, bousculant les gens. — Bon sang, ai-je dit à voix haute. C'est Monsieur Gapon. Et le poursuivant, à seulement quelques mètres derrière, il y avait deux Allemands.

Gapon tourna au coin et s'avança lourdement entre les étals dans ma direction. Il n'était pas un coureur. Les Allemands le rattrapaient.

— Halte ! cria l'un des Allemands. L'autre, en tournant au coin, s'arrêta et, levant son fusil à l'épaule, visa. Les gens hurlèrent, se jetant entre les étals. Je restai immobile, paralysé. Gapon m'avait presque atteint quand j'entendis la détonation.

Il rejeta la tête en arrière, agitant les bras, et trébucha sur quelques pas. Il s'arrêta, haletant, et me regarda droit dans les yeux. Je reculai, effrayé par l'intensité de son regard lorsque le second coup de feu l'abattit. Il s'effondra à mes pieds, un filet de sang formant déjà une flaque autour de sa tête. Les soldats allemands crièrent aux gens de rester en arrière en l'atteignant. Ils commencèrent à se disputer, l'un poussant l'autre. Le marchand, qui s'était caché sous son étal, réapparut en ricanant.

— Ils n'étaient pas censés le tuer, dit-il doucement, expliquant leur querelle.

Paris, août 1944

Paris fut libérée en août 1944, les nazis finalement chassés. Nous étions enfin libres ! Sans attendre, je fis mes adieux à ma mère, dis au revoir à mon village endormi et me dirigeai vers la capitale. J'étais là, au cœur de l'action, m'imprégnant de l'atmosphère festive. On aurait dit que la nation entière avait convergé vers les Champs-Élysées pour danser et sauter de joie sous le soleil qui nous inondait. Quel carnaval ; je n'avais jamais connu une telle allégresse. Les gens s'accrochaient aux réverbères, se penchaient aux fenêtres, se tenaient sur les toits. Nous chantions la Marseillaise encore et encore. Nous regardions et acclamions les chars américains dans les rues et applaudissions les soldats. Wow, ils semblaient d'une autre espèce, si beaux et élégants avec leurs dents blanches et leur chewing-gum. Pas étonnant que nos filles se jettent à leur cou. Vive l'Amérique ! L'ambiance était contagieuse ; jamais je n'avais vu des gens si heureux. Mais la plus grande attraction était l'apparition de notre héros, le sauveur de la nation, le général de Gaulle. La foule se pressait pour apercevoir l'homme. Ce n'était pas difficile — il était si grand, son petit képi perché à l'arrière de sa tête. Il marchait d'un pas vif sur les Champs-Élysées, l'Arc de Triomphe derrière lui. Il avançait résolument, un homme assumant son destin, regardant autour de lui, la tête haute, comme s'il humait l'air. Des hommes en costume l'entouraient, une moto avec side-car, tandis que les photographes se bousculaient pour suivre le rythme et prendre leurs clichés. Vive De Gaulle !

Une petite femme aux joues à fossettes et aux cheveux courts, presque noirs, me marcha sur les pieds. — Oh là là. Elle rit. — Je suis vraiment désolée. Elle se pencha et déposa un baiser sur ma joue.

— Hé, hé, comment t'appelles-tu ?

— Michèle, dit-elle, avant d'être emportée par la foule qui déferlait.

Ce soir-là, je me suis joint à un groupe d'étudiants, me suis fait des amis, ai bu, suis allé à des fêtes et ai agité le drapeau. J'ai partagé mon histoire de résistance, inventant un tout nouveau personnage pour moi-même. J'essayais de chasser l'image de Monsieur Gapon de mon esprit. Personne ne m'a douté un seul instant.

C'était une époque euphorique. Après quatre ans d'occupation, l'avenir semblait rempli de possibilités infinies et débordant d'opportunités.

Le lendemain, en marchant dans un étroit boulevard derrière les Champs-Élysées, complètement enveloppé d'ombre, j'ai vu un groupe de personnes devant moi sur une petite place, rassemblées devant une fontaine, criant et hurlant les noms les plus infâmes. Je me suis joint à la foule. Au centre se trouvait une femme accusée d'avoir couché avec des Allemands, une « collaboratrice horizontale », comme on les appelait. Elle avait à peu près mon âge. Elle se tenait là, impassible, les bras ballants, tandis que deux hommes s'acharnaient sur ses cheveux, les coupant entièrement. Des boucles de cheveux blonds s'amoncelaient à ses pieds.

L'expression éteinte et résignée sur son visage me rappelait les images de Marie-Madeleine agenouillée aux pieds de Jésus crucifié. Les gens riaient, applaudissaient et pointaient du doigt sa tête rasée, l'appelant la nouvelle coiffure de 44. Ils criaient traîtresse, salope, putain. Des gens s'avançaient et lui crachaient dessus. J'ai entendu une femme crier : « Ça t'apprendra à servir de matelas aux Boches, espèce de traînée. » Puis, une fois que les hommes eurent fini avec leurs ciseaux, une femme s'approcha d'elle par derrière et lui arracha sa chemise, faisant sauter les boutons, laissant la femme exposée en soutien-gorge. Un homme s'avança et, brandissant un pinceau, lui marqua la poitrine d'une swastika. La pauvre femme ne bougeait pas, semblait imperméable à tout cela.

Puis une voix de femme, forte, perçant à travers les rires et la gaieté. — Arrêtez ça, arrêtez ça maintenant. J'ai vu la foule s'écarter alors que cette nouvelle femme se frayait un chemin. — Laissez-la tranquille.

Les gens marmonnaient et se moquaient d'elle, mais ils semblaient accepter son ordre. Elle prit la main de Marie-Madeleine. — Vous devriez avoir honte de vous-mêmes. Je dus me mettre sur la pointe des pieds pour apercevoir cette femme. C'était elle, la femme qui m'avait marché sur les pieds la veille, Michèle.

Elle était peut-être petite, mais bon sang, elle avait de l'autorité. Lentement, à contrecœur, la foule se dispersa. Je me retournai aussi pour partir, mais je m'arrêtai. Pouvais-je aller lui dire bonjour, à cette femme qui semblait avoir tant d'influence ?

Je m'avançai, craintivement. Elle croisa mon regard furtivement mais ne me reconnut pas. Elle scrutait les alentours, s'assurant que le calme était revenu. — Bonjour à nouveau, dis-je.

Les deux femmes me regardèrent, Marie et Michèle. Michèle plissa les yeux.

— Nous... nous nous sommes rencontrés hier. Tu m'as marché sur les pieds ?

Elle me lança un regard noir et je regrettais déjà ma témérité, mais elle éclata de rire. — Ah oui, c'est vrai. Allez, tu peux m'aider à raccompagner cette jeune femme chez elle.

Paris, mai 1968

Après des années d'enregistrements et de spectacles, de tournées de concerts et de promotion, j'avais besoin d'une pause. La nouveauté de la célébrité et la pression d'être constamment sollicité commençaient à peser. Je devais bientôt commencer à travailler sur une représentation en direct et un nouvel enregistrement de la Deuxième Symphonie de Berlioz, ainsi que sur quelques morceaux supplémentaires. Mais d'abord, Michèle et moi sommes partis en vacances au Maroc. Je suis tombé amoureux de la musique marocaine avec ses rythmes erratiques et ses racines terriennes. Nous avons passé des heures à flâner dans les souks de Marrakech, à acheter des bibelots, à boire du café corsé, à manger des tajines, à céder aux enfants des rues et à leurs nuisances. Après une semaine, nous nous sommes détendus sur la côte, faisant des balades à dos de chameau, des sorties en bateau, lisant et passant paresseusement les heures dans les cafés locaux. J'ai pensé que peut-être, juste peut-être, ma femme avait commencé à apprendre à aimer.

Nous sommes rentrés chez nous pour trouver Paris dans un état de tourmente. Les gens étaient descendus dans les rues, se battant contre la police, renversant des voitures, érigeant des barricades. La révolution était dans l'air tandis que les manifestants prêchaient la liberté et le socialisme. Les étudiants occupaient leurs universités, les travailleurs déposaient leurs outils. Le président de Gaulle vacillait. Le pays était dans un état d'anarchie. Les transports publics, les services postaux, toute l'infrastructure s'effondrait.

J'étais au travail, ayant commencé les répétitions de Berlioz, quand, un matin début mai, une petite délégation d'étudiants est venue me voir — des jeunes hommes et femmes sérieux, aux cheveux longs et aux grands idéaux. Ils voulaient que je parle en leur nom, ma célébrité donnerait de la crédibilité au mouvement, disaient-ils. Je n'étais pas sûr — j'étais une figure de l'establishment et bousculer les choses n'avait jamais été mon truc. Mais ils étaient si persuasifs et motivés — comment aurais-je pu les refuser ? J'admirais la force de leurs convictions et leur croyance en la justice de leur cause. J'ai réalisé à quel point j'avais été borné toute ma vie. Michèle était fermement contre. Je risquerais ma carrière, disait-elle, je me dresserais contre les personnes mêmes, les conservateurs et l'élite, qui me considéraient comme l'un des leurs. Et que penseraient les maisons de disques de tout cela ? Ils me payaient pour faire de la musique, pas pour renverser des gouvernements. Je lui ai dit de ne pas être si dramatique ; les étudiants avaient des préoccupations légitimes, ils avaient des principes ; qui étais-je pour leur tourner le dos ? Je connaissais la vraie raison — on m'avait donné la chance d'expier la culpabilité que je ressentais pour mon manque de cran pendant la guerre.

Je me suis demandé pourquoi ils m'avaient approché. Il y avait beaucoup d'hommes bien plus appropriés sous les feux de la rampe qui auraient fait de meilleurs porte-parole pour leur cause que moi. Il n'a pas fallu longtemps pour le découvrir. L'orchestre avait récemment recruté une nouvelle violoncelliste, une jeune femme talentueuse nommée Isabelle. Elle avait de longs cheveux noirs, souvent décorés d'un petit nœud, de grands yeux de chiot, mince, douloureusement même, et de fins pommettes. Elle était aussi sérieuse, impressionnable et idéaliste — elle était l'une des leurs. Elle m'avait approché un jour, tenant la main d'un jeune homme aux cheveux longs et barbu portant des sandales que je supposais être son petit ami. Elle me l'a présenté comme Jacques. J'ai dit qu'on me l'avait déjà demandé et que j'y réfléchissais.

Le lendemain, après les répétitions, je l'ai appelée et lui ai dit que oui, je le ferais.

— Merci, a-t-elle dit, presque en sautillant d'enthousiasme. Pendant un instant, j'ai cru qu'elle allait me serrer dans ses bras. J'espère que vous ne m'en voulez pas de vous avoir demandé.

— Non, non, pas du tout.

— Nous avons tous pensé que vous seriez un si bon choix. Les gens vous écouteront.

— Ne suis-je pas trop conservateur pour vous ?

— Non, vous êtes assez âgé pour vous souvenir de la guerre et avoir été témoin de ses injustices, mais vous êtes encore assez jeune, tout juste, pour être pertinent.

Je l'ai remerciée pour ce compliment à double tranchant.

— Alors, comment appréciez-vous votre travail ? ai-je demandé.

— Je l'adore. J'ai toujours voulu travailler pour vous, Maestro. C'est un rêve qui se réalise pour moi, a-t-elle dit en souriant.

— Bien. Vous jouez bien. Plus important encore, vous savez écouter. J'ai remarqué cela. Je lui ai demandé son âge, d'où elle venait, où elle avait étudié. Des questions que je lui avais posées lors de son entretien, mais cette fois j'ai écouté. Elle me rappelait moi-même à 22 ans — confiante, consciente de ses propres capacités et de ce qu'elle voulait dans la vie. Elle était certainement attirante, bien que trop mince à mon goût, mais je n'avais aucune intention d'être infidèle à ma femme alors que les choses commençaient à s'améliorer. De toute façon, elle avait un petit ami, le type barbu à l'allure de Jésus que j'avais rencontré la veille — un étudiant, m'a-t-elle dit, à la Sorbonne.

C'était une belle journée de printemps lorsque, entouré de milliers d'étudiants et de travailleurs, je me suis tenu sur une estrade au bord d'un parc et on m'a tendu un mégaphone. À proximité, deux voitures renversées fumaient encore, de minces voiles de fumée s'ajoutant à l'atmosphère surréaliste d'une ville assiégée. J'étais nerveux — ce serait la performance la plus effrayante de ma vie jusqu'à présent. Devant moi, une mer de visages expectatifs, des banderoles brandies couvertes de slogans révolutionnaires. J'ai repéré Isabelle, les bras enlacés avec son petit ami étudiant. Elle m'a fait un petit signe de la main. J'ai essayé de sourire. Des policiers en tenue antiémeute nous surveillaient attentivement. J'ai marmonné mon discours, écrit pour moi par l'un des leaders étudiants, critiquant l'État pour avoir traité ses citoyens comme des enfants, exigeant une plus grande justice sociale, une plus grande part de la prospérité produite par les masses mais dont profitaient les quelques-uns. Je comprenais peu de ce que je lisais ; je ne connaissais rien à ces choses. Des journalistes prenaient des notes ; des photographes faisaient leur travail. J'ai réalisé que je pouvais être un grand chef d'orchestre, mais je n'étais pas un orateur. Pourtant, mon discours a été grandement applaudi et acclamé, et lorsque je suis descendu de l'estrade, j'ai été accueilli par des tapes amicales dans le dos et des remerciements chaleureux de ceux qui avaient organisé la manifestation.

— Bravo, Maestro, c'était formidable.

C'était Isabelle. Je me demandais si elle était totalement sincère. Son petit ami, Jacques, m'invita à une réunion. Je le remerciai mais déclinai — j'avais suffisamment révolutionné pour la journée. Je savais que ma prestation avait été en deçà de mes capacités mais, néanmoins, soulagé que ce soit terminé, je rentrai chez moi dans un état d'excitation intense. Même les reproches de Michèle n'émoussèrent pas mon enthousiasme. La compréhension mutuelle plus profonde que nous avions acquise, forgée au Maroc, s'était déjà évaporée, et nous étions rapidement revenus à nos personnalités habituelles — reconnaissant la présence de l'autre mais maintenant une distance perpétuelle. Ce n'est que bien des années plus tard que je réalisai que mon insistance à aider les manifestants avait tellement agacé ma femme qu'elle avait détruit les quelques élans d'affection que nous avions trouvés à Marrakech.

Le lendemain, fait inhabituel pour moi, j'achetai un journal et fus surpris de voir ma photo au bas de la une. Le Maestro a-t-il perdu la tête ? criait le titre. L'article faisait une lecture sinistre : Il est peut-être capable de lever une baguette et de diriger un orchestre de musiciens talentueux, mais les tentatives du Maestro pour mener les masses dans une joyeuse danse révolutionnaire sont tombées dans l'oreille d'un sourd hier. Il a marmonné un discours truffé de clichés et de rhétorique creuse qui aurait embarrassé un enfant de dix ans. Le Maestro est peut-être un démon sur l'estrade, mais en tant que rebelle, il est aussi efficace qu'une souris d'église décrépite. Tenez-vous-en à ce que vous savez, Maestro. Les étudiants peuvent tout aussi bien gâcher les choses sans vous ! J'espérais seulement que l'article ne reflétait pas l'opinion d'Isabelle.

Je jetai le journal ; je ne voulais pas que Michèle le trouve. Néanmoins, je suivis le progrès des manifestations avec un vif intérêt, achetant divers journaux chaque jour et m'exclamant sur la position pro-establishment des journaux et le mépris qu'ils déversaient sur les manifestants. Malgré la raclée que j'avais reçue, je ressentais l'envie de les rejoindre aux barricades. Mais je résistai. Je ne voulais pas trop pousser ma chance avec mes patrons américains. Dommage, car je sentais que pour la première fois de ma vie, j'avais trouvé un but qui n'était pas uniquement centré sur moi. C'est cependant durant cette période euphorique que je reçus la lettre.

J'avais une secrétaire qui s'occupait de mon courrier, de mes arrangements de voyage et de mes rendez-vous. Elle avait une pile de cartes postales présentant une sombre photographie en noir et blanc de moi, un cliché officiel pris en studio, et signée par elle avec mon nom. Elle répondait à mon courrier de fans et écartait toute correspondance sauf la plus importante. Cette lettre particulière, elle l'avait jugée digne de mon attention personnelle. Postée localement, elle disait :

Mon cher Maestro,

Un immense malheur s'est abattu sur moi. Je sais que vous êtes terriblement occupé et je ne vous dérangerais pas en temps normal si ce n'était pas extrêmement important. J'ai été arrêtée et accusée de toutes sortes de choses fantaisistes.

J'ai désespérément besoin de votre aide.

Je vous demande de vous souvenir de notre court voyage ensemble dans le train pour Saint-Romain il y a toutes ces années. S'il vous plaît, Maestro, si vous pouviez contacter mon avocat, M. d'Espérey, au numéro de téléphone ci-dessus, il s'attend à avoir de vos nouvelles.

Je vous supplie de m'aider dans mon heure de besoin.

Bien à vous,

Hilda Lapointe (Mademoiselle).

Je la relus plusieurs fois. Je savais que je n'avais pas le choix — je devais répondre. Ne serait-ce que par curiosité ; je devais savoir. « Accusée de toutes sortes de choses fantaisistes. » J'appelai Monsieur d'Espérey, son avocat, mais il me dit peu de choses, sauf que sa cliente avait été arrêtée et devait passer en jugement. Il me demanda de venir le voir dans ses bureaux du seizième arrondissement, mais de garder cela pour moi et de n'en parler à personne. Pas de risque, pensai-je ; je n'avais certainement pas l'intention d'en parler à Michèle.

À onze heures le lendemain, je me retrouvai dans les bureaux de Messieurs *d'Espérey et Cotillard, un bureau luxueux au quatrième étage d'un immeuble orné du XIXe siècle, avec des fauteuils en cuir rouge, un bureau en acajou et une lampe en laiton. Assis derrière le bureau dans un costume rayé se trouvait Monsieur d'Espérey, un homme dans la soixantaine avec une fine moustache grise et des lunettes sans monture glissant sur le bout de son nez.*

— Je crois que vous connaissez ma cliente, Mademoiselle Lapointe ? dit-il d'une voix de baryton.

— Je ne dirais pas que je la connais — je ne l'ai rencontrée que deux fois. Et c'était sur une période d'environ vingt ans.

Il réfléchit à cela pendant quelques instants. — Néanmoins, je crois comprendre qu'elle vous a, comment dire, aidé une fois. Pendant la guerre. Elle vous a sorti d'une situation délicate, dit-il les paumes tournées vers le haut.

— Eh bien, oui.

— Pouvez-vous décrire cette occasion ?

Je le fis, relatant brièvement notre rencontre dans le train pendant les années d'occupation. Il écouta attentivement, la tête penchée sur le côté.

Après que j'eus terminé, il griffonna quelques mots sur un bloc-notes sur son bureau. — Bien.

— Vraiment ?

Il leva les yeux vers moi. — Oh oui, cela aidera. Ma cliente doit comparaître devant le tribunal le deux juin. Nous plaiderons non coupable, après quoi nous obtiendrons une date pour le procès. Probablement en septembre. Ma cliente et moi n'avons aucune illusion, elle sera probablement déclarée coupable, mais c'est la sentence qui nous préoccupe. J'aimerais que vous acceptiez, si vous le voulez bien, de témoigner en tant que témoin de moralité. Si elle est condamnée, votre témoignage pourrait aider à réduire la sévérité de la peine.

— Je... je ne comprends pas. Je ne sais pas pour quoi Mademoiselle Lapointe a été arrêtée.

Il leva les mains en l'air. — Je m'excuse. J'ai supposé... peu importe. Mademoiselle Lapointe, ma cliente, est jugée pour crimes de guerre...

J'avalai ma salive. — Crimes de guerre ?

— Oui, pendant son temps au camp de Drancy, particulièrement dans son traitement des détenus juifs.

Je le regardai, les yeux écarquillés. — Drancy ? N'était-ce pas... ?

— Un camp de concentration ici même dans notre ville - oui. Vous n'aviez aucune idée qu'elle était gardienne de camp ?

Je secouai la tête, sans voix.

— Bien, laissez-moi vous briefer. Vous comprenez que tout ceci est hautement confidentiel. Si vous deviez...

— Je comprends.

— Très bien alors. Il soupira avant de se lancer dans son récit. — Mademoiselle Lapointe a travaillé comme gardienne au camp d'internement de Drancy de juin 1942 jusqu'à sa libération en août 1944. Je ne sais pas ce que vous savez, mais le gouvernement de Vichy pendant la guerre a déporté des Juifs, tant étrangers que français, à Drancy où ils étaient internés dans des conditions épouvantables avant d'être déportés vers les camps de la mort à l'est, principalement Auschwitz. Quelque soixante-dix mille personnes ont été envoyées. Très peu sont revenues.

— Je m'en souviens maintenant, dis-je doucement.

— Je pense que nous en sommes tous conscients ; c'est juste que peu d'entre nous veulent y penser. Nous voulons délibérément oublier ; c'est une tache trop importante sur notre mémoire. Comme pour n'importe quel emploi, Mademoiselle Lapointe, ou Irène d'Urville comme elle s'appelait alors, a commencé à un poste subalterne au camp mais avec le temps, elle a été promue. Cependant, après la guerre, elle a réussi à disparaître. Elle a changé de nom, a vécu dans le Sud pendant un moment. Elle était un petit poisson - ce n'était pas difficile. Cependant, elle a été découverte, tout récemment, par pur hasard.

— Mais... je pensais que vous aviez dit qu'elle n'était pas coupable.

— Elle ne nie pas avoir travaillé là-bas, mais elle nie les accusations portées contre elle - qu'elle aurait infligé des punitions injustes et brutales aux détenus.

— Je vois. Monsieur d'Espérey, je ne pourrai pas être présent le 2 juin ; j'ai...

— Cela n'a pas d'importance. Tant que vous êtes disponible pour donner votre témoignage. C'est à ce moment-là que ça compte.

— D'accord, je serai là. Puis-je rendre visite à Hilda ?

— Bien sûr. Elle a été libérée sous caution. Je ne veux pas

divulguer son adresse personnelle, alors laissez-moi m'en occuper. J'arrangerai quelque chose.

*

Monsieur d'Espérey était un homme de parole. Une semaine plus tard, je me retrouvai assis en face d'Hilda dans un petit café délabré à portée de vue du Sacré-Cœur. Malgré son emplacement avantageux, l'endroit était presque désert alors que nous sirotions nos cafés. Avec ses murs de briques non traitées, ses chaises inconfortables, ses plantes fanées et son personnel maussade, l'avocat n'aurait pas pu nous trouver un endroit plus miteux s'il avait essayé. — Vous venez souvent ici ? plaisantai-je.

Hilda ne rit pas. Elle avait l'air d'une femme sous tension. La femme tapageuse qui était venue dans ma loge deux ans auparavant avait disparu ; à sa place se trouvait une femme plus mince, d'apparence plus âgée, dans un cardigan terne bleu-gris, les cheveux tirés en arrière, les yeux ternes.

— Je suis allé voir votre avocat. Il m'a raconté l'histoire, enfin, les grandes lignes. Que s'est-il passé, Mademoiselle ?

Elle regarda au-delà de moi vers le monde extérieur.

— Alors, c'est comme ça que vous m'avez fait passer cette journée - vous étiez l'une d'entre eux.

Elle hocha la tête, toujours incapable de me regarder.

— Vous étiez l'une d'entre eux, répétai-je pour l'effet.

Cette fois, elle réagit, me regardant droit dans les yeux. — Oui, j'étais l'une d'entre eux, comme vous dites, lança-t-elle, se penchant en avant. — Mais je vous ai sauvé, n'est-ce pas ? C'est là le point. On me dépeint comme cette personne terrible, comme le mal personnifié. Et oui, j'ai fait des choses dont je ne suis pas fière. Mais la vie n'est pas toujours en noir et blanc, n'est-ce pas ? C'est pourquoi vous devez m'aider maintenant, Maestro. Vous devez m'aider.

— Je ne sais pas si cela fera une différence, mais oui, j'ai dit à votre avocat que je témoignerai en votre faveur. Mais vous devez me dire... quelque chose qui m'a intrigué ces 26 dernières années - pourquoi m'avez-vous aidé ? Je n'étais rien pour vous, alors pourquoi ?

Le propriétaire du café apparut devant nous, demandant si nous voulions un autre café. Nous acceptâmes volontiers. Nous attendîmes pendant qu'il versait du café frais et fumant dans nos tasses et nous apportait un petit pot de lait chaud. Nous le remerciâmes et alors qu'il retournait à son comptoir, la porte du café s'ouvrit et un jeune couple se tenant par la main entra, hésita à la porte, et recula. Je vis le regard de déception brûlant sur le visage du propriétaire.

— Très bien alors, dit-elle finalement. — Je vais vous le dire, ensuite vous pourrez juger si je suis aussi mauvaise qu'ils le prétendent. Ce jour-là où je vous ai rencontré dans le train, j'étais en permission. À peu près la seule permission que j'ai eue pendant que je travaillais à cet endroit.

— Drancy ?

Elle hocha la tête. Les yeux toujours fixés ailleurs, elle me raconta son histoire. — J'allais rendre visite à une vieille amie à Saint-Romain. Vous êtes entré dans ce wagon et avez commencé à lire cette partition. Vous fredonniez l'air à haute voix - je ne pense même pas que vous en étiez conscient. J'étais impressionnée. Je me suis dit qu'il était si rare de voir un jeune pratiquer de si nobles activités. J'ai pensé à quel point vos parents devaient être fiers de vous. Et puis, bien sûr, les Allemands sont entrés pour voir nos papiers. J'ai tout de suite vu que vous aviez quelque chose à cacher - c'était écrit sur tout votre visage. Normalement, je ne serais pas intervenue. J'étais une collaboratrice ; je l'admets librement. C'était mal de ma part, je le sais, mais à l'époque je pensais faire ce qu'il fallait. Vous, en revanche, vous travailliez clairement pour la résistance.

— Je ne faisais que livrer un message.

— Néanmoins. Vous étiez encore très jeune - vous n'aviez pas appris l'art de dissimuler votre langage corporel. J'ai eu pitié de vous. Peut-être qu'au fond, je savais que s'ils vous fouillaient puis vous arrêtaient, nous risquions de perdre l'un de nos meilleurs musiciens. Je savais, instinctivement en quelque sorte, que vous méritiez une seconde chance. Alors, c'était simple, j'ai montré aux gardes ma carte de Drancy qui indiquait mon travail et je leur ai dit que vous étiez avec moi.

— Aussi simple que ça ?

Maintenant, enfin, elle me regarda. — Aussi simple que ça. Je leur ai dit que vous étiez un stagiaire, et encore une fois quand ils vous ont attrapé dans la rue.

— Une stagiaire ? Dans cet endroit-là ?

— Ça vous a sauvé.

— Je n'étais qu'un messager.

— Peut-être, mais je ne pouvais pas le savoir. Néanmoins, ils vous auraient demandé des noms, et je suis sûre que vous savez ce que cela aurait signifié.

— Oui. Je pensais au garçon qui faisait mon travail avant moi. Déporté dans un camp de travail quelque part en Allemagne. Il n'est jamais revenu. Mort à la tâche à l'âge de vingt et un ans.

— En me souvenant de comment vous étiez, je ne pense pas que vous l'auriez très bien supporté.

— Vous avez raison. Je doute que je le supporterais aujourd'hui.

— Exactement.

— Que s'est-il passé après la guerre ? Qu'avez-vous fait ?

— Ce n'était pas difficile. Elle tambourina des doigts sur la table. Il y avait tellement de confusion. Des accusations et des revendications et des contre-revendications, des collaborateurs qui prétendaient avoir été dans la résistance. J'ai mis de vieux vêtements, je me suis fait passer pour une paysanne, et je suis allée à Saint-Romain, où je suis restée chez mon amie. Nous sommes devenues proches. Elle s'est portée garante pour moi et ensemble, nous avons inventé une nouvelle histoire pour moi.

— Et vos papiers ?

— J'ai dit qu'ils avaient tous été détruits pendant la guerre.

— Tout à fait plausible, je suppose.

— Oh oui. Beaucoup de gens l'ont fait.

— Alors comment avez-vous été découverte ?

Elle soupira au souvenir regrettable. J'ai été reconnue. Je vis à Paris depuis plusieurs années maintenant. Je savais qu'il y avait toujours un risque et, effectivement, un jour, je faisais mes courses dans un grand magasin du centre-ville quand quelqu'un, un horrible petit homme, un Juif, bien sûr, s'est approché de moi et a dit "Bonjour, Madame d'Urville", c'était mon nom à l'époque, pas que j'étais mariée. Je ne l'ai jamais été. Comme vous dans le train, je n'ai pas pu cacher ma réaction. J'aurais dû être sur mes gardes. J'ai essayé de reculer mais je savais qu'il n'y avait pas d'échappatoire. Il a crié dans tout le magasin. Le directeur du magasin est descendu et m'a emmenée de force dans son bureau d'où il a appelé la police. Le plus bête, c'est que si j'avais été arrêtée à l'époque, après la guerre, j'aurais été l'une des nombreuses. Mais maintenant, toute seule, je suis exposée. Mais vous savez, je ne suis rien de plus qu'un bouc émissaire pour un pays encore trop honteux de sa culpabilité de guerre pour se regarder dans le miroir.

— C'est comme ça que vous le voyez ?

— Bien sûr. Oui, nous sommes maintenant un pays plein de résistants mais nous savons tous que ce n'est pas vrai. Surtout au début de la guerre - si on avait procédé à un vote, quatre-vingt-dix pour cent d'entre nous auraient voté pour le gouvernement collaborationniste. Au moins, je suis honnête. J'ai travaillé pour eux ; je le regrette, bien sûr, mais je ne vois pas pourquoi je devrais jouer le rôle de l'agneau sacrificiel. J'ai essayé de ne pas rire - un bouc émissaire et un agneau sacrificiel. Je me demandais combien d'autres animaux de la ferme elle pourrait invoquer.

— Et je vous ai sauvé. Est-ce que je peux être si mauvaise ?

— Je ne sais pas, Hilda, dites-le-moi. Que s'est-il passé dans cet endroit ?

— À Drancy ? Elle détourna le regard, scrutant le café avec ses chaises vides et ses tables inoccupées. Derrière le comptoir, le propriétaire polissait un verre, une cigarette collée à la lèvre. Nous devions maintenir la discipline. C'était la guerre.

— La discipline ?

— Ce n'était pas un camp de vacances.

— Mais que voulez-vous dire par discipline ?

— Tant de questions. Suis-je déjà en procès ?

— Non, Hilda. Je finis mon café. Mais vous le serez bientôt.

Paris, septembre 1968

L'été avait été difficile. Les répétitions de la symphonie de Berlioz étaient ardues et me demandaient toute mon énergie. Je rentrais chez moi le soir, épuisé et de mauvaise humeur, espérant trouver un peu de sympathie auprès de ma femme, mais en vain.

Un soir, à mon retour d'une répétition, elle me demanda de m'asseoir ; elle avait quelque chose à me dire. J'obéis, les battements de mon cœur m'avertissant que je n'allais pas apprécier ce qui allait suivre.

— Je pense...

— Oui ?

Elle se frotta les yeux. — Je pense que nous devrions dormir dans des lits séparés à partir de maintenant.

Je la fixai du regard, incertain d'avoir bien entendu. — Mais... Mais pourquoi ?

— Je... Je pense que c'est mieux ainsi.

— Mieux ? Mieux pour qui ?

— J'ai préparé un lit pour toi dans la deuxième chambre.

— Déjà ?

— Je... Elle sortit un mouchoir de la poche de son gilet. — J'ai encore de l'affection pour toi, mais...

J'attendis, la regardant tordre le mouchoir entre ses doigts.
— Mais quoi, mon amour ? Dis-moi. Ai-je fait quelque...

— Non. Non, tu n'as rien fait de mal. J'ai beaucoup d'affection pour toi, vraiment, mais je ne t'aime pas.

Je ne t'aime pas. Ces mots me frappèrent en plein ventre, l'un après l'autre. Mon esprit s'embruma, essayant de donner un sens à ce qu'elle venait de dire. — S-sûrement, t-tu ne...

— Et je pense que je ne t'ai jamais aimé.

Ma bouche devint sèche. Elle était assise là, mais je ne pouvais pas la voir correctement, le voile de larmes sur mes yeux étant trop épais.

— Je suis désolée, dit-elle.

Désolée ? C'était tout ? Elle était désolée ?

Sans vraiment savoir ce que je faisais, je me levai. Je m'agrippai au bord du canapé, craignant de tomber sans soutien. Je pris une profonde inspiration et essayai momentanément de me ressaisir. — J'accepte tes excuses.

Je m'inclinai, quittai la pièce, me retirai dans ma chambre et sanglotai.

*

Les émeutes étaient terminées - les ouvriers étaient retournés au travail et les étudiants à l'université. La révolution était finie. Le président de Gaulle avait remporté une victoire convaincante aux élections de juin mais, à la lumière des émeutes de mai, avait promis des réformes. Une lettre de Monsieur d'Espérey confirmait que Hilda avait effectivement plaidé non coupable des charges retenues contre elle. Une seconde lettre, le mois suivant, me demandait de comparaître au tribunal le vingt et un octobre.

Un vendredi soir, l'orchestre et moi avons terminé tôt. Les

répétitions s'étaient bien passées et j'étais satisfait du travail acharné de chacun, je les ai donc autorisés à rentrer plus tôt pour commencer le week-end. Pour moi, cependant, le travail n'était jamais terminé. J'ai réglé quelques affaires et j'ai pris un morceau à manger au restaurant du théâtre.

Une heure ou deux plus tard, j'ai décidé de m'éclipser dans un bar du coin ; moins de chances, pensais-je, d'être dérangé. Bien qu'il ne soit encore que seize heures, Le Bar Rocco, comme il s'appelait, était déjà assez animé, avec de petits groupes de gens qui bavardaient, et ailleurs un couple qui se tenait la main par-dessus la table. L'endroit était grand avec un vaste espace central entouré de plusieurs box. Un jazz doux et un éclairage ambré tamisé ajoutaient à l'atmosphère détendue. Le personnel était jeune et séduisant. Je me demandais combien d'entre eux avaient pris la rue quatre mois plus tôt. Je m'assis dans un box niché dans un coin plus calme et, après avoir étalé mes papiers, je commandai une bière. Le problème qui me préoccupait à ce moment-là était la disponibilité d'un ingénieur du son que j'appréciais particulièrement. Il était très demandé et mes patrons américains avaient jugé bon de l'affecter à un autre projet, à mon avis mineur. Je rédigeai une lettre, décidai qu'elle n'était pas assez convaincante, la froissai et recommençai. J'approchais de la fin de ma troisième tentative lorsqu'une voix familière me dit bonjour. En levant les yeux, je fus surpris de voir Isabelle debout au bout de ma table. J'étais stupéfait de constater à quel point j'étais ravi de la voir. — Je ne vais pas vous déranger, dit-elle. Je vois que vous êtes occupé. Je voulais juste vous dire bonjour.

— C'est très gentil à vous. Êtes-vous ici avec... Désolé, j'ai oublié le nom de votre petit ami.

— Jacques. Non, il est à l'université en train de réviser. Il a un examen important qui approche. Je suis ici avec mes amies, dit-elle en faisant un signe de tête derrière elle. Près du bar se trouvait un groupe de quatre filles de l'âge d'Isabelle, habillées à la mode, penchées les unes vers les autres, parlant toutes en même temps d'une voix aiguë.

— Je vois.

— Elles sont un peu bruyantes, n'est-ce pas ? Je vais leur demander de baisser un peu le ton.

— Non, ne faites pas ça. Elles ont parfaitement le droit d'être aussi bruyantes qu'elles le souhaitent. Si j'avais voulu du calme, je serais allé dans une bibliothèque.

Elle rit. — Je ferais mieux d'y retourner.

— Oui, bien sûr. Passez une bonne soirée.

J'ai commandé une deuxième bière et j'ai essayé de me concentrer sur ma lettre, mais je ne pouvais m'empêcher de jeter des coups d'œil aux filles. Comme je les enviais — être jeunes, dans la capitale et vivre à une époque si prospère. À leur âge, nous étions encore un pays occupé, nos vies restreintes par le manque d'opportunités et ternies par l'ennui. Elles étaient toutes attirantes à leur façon, attirantes par le simple fait d'être jeunes. J'observais Isabelle, la voyant en dehors de l'environnement orchestral pour la première fois, étant elle-même. C'était une personne qui parlait avec ses mains, gesticulant avec enthousiasme, soulignant son propos. J'ai su alors à quel point j'étais attiré par elle. Je l'avais été dès le moment où je l'avais vue pour la première fois lors de l'entretien, mais j'étais alors encore un homme qui aspirait à l'amour de sa femme. J'ai réalisé à ce moment-là, dans ce bar, avec Isabelle et ses amis à proximité, que j'étais seul. J'avais une épouse, tant d'amis, et j'étais adoré par la multitude, et pourtant... je n'avais personne. Être chef d'orchestre est, en fin de compte, un métier solitaire — vous êtes le patron et les musiciens vous traitent comme tel ; polis, respectueux mais toujours à distance. Je savais aussi que j'avais été affaibli, sans le vouloir, par Hilda. Elle existait dans mon esprit comme deux personnes — la femme que j'avais rencontrée il y a vingt ans et la personne que je connaissais aujourd'hui. Je me sentais, en quelque sorte, souillé par mon association avec son moi plus jeune tout en étant, en même temps, profondément désolé pour la femme qu'elle était maintenant. Sa chute m'avait laissé vulnérable. Pour la première fois de ma vie, j'avais pitié de moi-même.

Une heure passa.

— Maestro, vous avez l'air d'avoir le poids du monde sur vos épaules.

— Mon Dieu.

— Je suis désolée, je ne voulais pas vous faire sursauter.

— Ce n'est rien. Qu'est-il arrivé à vos amis ?

— Ils ont dû partir. J'allais partir aussi, mais j'ai pensé...

— Eh bien, joignez-vous à moi.

— Je ne voudrais pas-

— Non, faites-le. Je m'ennuie d'être seul.

Elle jeta un coup d'œil derrière elle, comme pour s'assurer que ses amis étaient partis, puis, avec un petit haussement d'épaules, se glissa sur le banc à côté de moi.

— Je vais vous chercher un verre de vin.

— Je ne devrais pas ; j'en ai déjà trop bu.

— Allons, un de plus ne fera pas de mal.

Et nous avons ainsi parlé pendant deux, peut-être trois heures. Le bar devenait progressivement plus animé et bruyant, et au bout d'un moment, nous avons dû élever la voix pour nous entendre. Un groupe de buveurs a demandé s'ils pouvaient partager notre table, ce qui, pour moi, semblait être le bon moment pour appeler ça une journée. Isabelle m'a escorté lorsque je suis retourné à mon bureau au théâtre d'où

j'ai appelé pour qu'on m'envoie une voiture.

Faisant glisser la partition en verre, j'ai demandé au chauffeur de me ramener chez moi en passant par chez Isabelle. Nous nous sommes assis à l'arrière, Isabelle souriant et caressant les sièges en cuir. « Je ne suis pas habituée à un tel luxe », a-t-elle ronronné.

— Appelons cela un avantage du métier.

Nous avons continué à parler tandis que la voiture serpentait à travers les rues de Paris et vers la banlieue. La voiture sentait le cuir et le parfum d'Isabelle. J'appréciais sa compagnie et, pour la première fois depuis une éternité, je me suis surpris à rire.

— Nous y sommes déjà, dit Isabelle alors que la voiture ralentissait. C'était rapide. C'est juste au bout de cette rue.

J'ai indiqué au chauffeur où s'arrêter.

— Eh bien, merci, Maestro, dit-elle en boutonnant son manteau. C'était une soirée charmante. Je ne pouvais pas voir son expression dans l'obscurité, mais son ton semblait sincère.

— Oui, dis-je, nous devons remettre ça un de ces jours.

— Maestro, voudriez-vous, je veux dire, si vous avez le temps ; ce que je veux dire c'est...

— M'invitez-vous à prendre une tasse de café ?

— Je ne voudrais pas parler hors de propos.

Je me suis penché et l'ai embrassée passionnément, nous prenant tous les deux par surprise.

— Oh, souffla-t-elle. Je prends ça pour un oui.

— Je suis désolé, dis-je en me mordant le poing. Je ne sais pas ce qui... Je suis vraiment désolé-

Elle prit ma main de ma bouche, la caressant. — Chut, ce n'est rien, tout va bien. Venez prendre un café.

— Votre petit ami ne sera pas là ?

— Nous ne vivons pas ensemble.

— Je vais dire au chauffeur d'attendre.

Un réverbère illuminait ses yeux. Hésitante, elle dit : — Renvoyez-le. Elle sourit.

La voiture s'arrêta. Je vis les yeux du chauffeur dans le rétroviseur. Laissant le moteur tourner, il sortit rapidement et lui ouvrit la porte. Je la suivis, me disant que je ne devais pas céder, que je devais résister. Mais elle ne t'aime pas, me dis-je, elle ne t'a jamais aimé, elle ne t'aimera jamais. La colère monta en moi, serrant ma poitrine. Alors pourquoi diable m'a-t-elle épousé ? Pourquoi cette mascarade toutes ces années ? J'ai donné quelques francs au chauffeur comme pourboire. « Merci, dis-je. Vous pouvez rentrer maintenant. »

Involontairement, il jeta un coup d'œil à Isabelle qui s'était éloignée pour attendre à une distance discrète. Il hocha la tête.
— Merci, Monsieur.

— Viens, dit-elle tandis que la voiture s'éloignait, le regard intense. Montons.

Elle me prit la main. Après quelques pas, je m'arrêtai et jetai un coup d'œil en arrière pour voir les feux arrière de la voiture s'évanouir au loin.

— Ça va ?

— Oui, dis-je. Ça va.

Elle vivait dans un petit appartement au quatrième étage d'un bel immeuble Art nouveau aux balcons en fer forgé. Elle déverrouilla la porte et m'attira à l'intérieur. Claquant la porte derrière moi, elle me poussa contre celle-ci et m'embrassa avec une urgence que je n'avais jamais connue auparavant, ses mains froides tirant ma chemise hors de mon pantalon. Arrachant nos manteaux, elle me conduisit à sa chambre, ses lèvres ne quittant jamais les miennes. Lorsque nous atteignîmes son lit, nous étions déjà à moitié déshabillés, un sillage de vêtements et de chaussures jetés pêle-mêle, les siens et les miens, jonchant le sol. Elle me jeta sur son lit, tendit le bras et alluma sa lampe de chevet. À califourchon sur moi, souriant d'anticipation, elle retira son soutien-gorge.

*

Après, je restai allongé sur le dos, reprenant mon souffle, réchauffé par un profond sentiment de contentement. Elle était couchée sur le ventre, blottie contre mon cou, son bras drapé sur ma poitrine. — Eh bien, Maestro, c'était quelque chose. Je sentis la chaleur de son souffle contre ma peau. Je parie que tu couches avec toutes tes musiciennes.

— Non, pas du tout !

— Ha ! Je ne te crois pas.

— Non, vraiment. Tu es la première.

— Ça ne me dérange pas. Tu es très doué pour un homme plus âgé.

Je ris à ce nouveau compliment en demi-teinte. — Si tu pouvais juste me passer ma canne ?

Elle me donna une tape joueuse sur la poitrine. — Et ta femme ? Elle ne va pas s'inquiéter de ton absence ?

— Tu sais que je suis marié ?

— Bien sûr. Tu portes une alliance.

Je levai la main, inspectant mon alliance et soupirai. — Non, elle ne me manquera pas du tout. Si c'était le cas, pensai-je, je ne me trouverais pas dans cette situation maintenant.

Elle s'endormit à côté de moi tandis que j'observais les alentours – le plafond haut, le papier peint rayé bleu, une grande commode ornée de boîtes à maquillage et à bijoux, une reproduction encadrée de Picasso et, dans le coin, un étui à violoncelle. C'était, je le sentais, une chambre pleine d'amour et de chaleur, reflétant parfaitement ma jolie jeune violoncelliste. Posant ma main sur son dos, sentant le contour défini de sa cage thoracique, je baissai les yeux vers elle, cette petite chose délicate, les mèches de cheveux couvrant son visage, ses sourcils arqués et finement épilés, sa peau parfaite, cette fille vulnérable et belle, et je dus ravaler mes larmes.

*

Nous nous réveillâmes le lendemain matin, un samedi, et fîmes l'amour à nouveau avec la lumière automnale filtrant à travers ses rideaux, le bourdonnement constant de la circulation urbaine en contrebas.

— Quels sont tes projets aujourd'hui ? demandai-je, alors que finalement, après nous être douchés et habillés, nous prenions un petit-déjeuner composé d'œufs à la coque, de toast et de café fort dans son salon. La radio diffusait de la musique pop anglaise en fond sonore.

— Jacques et moi allons voir la nouvelle exposition Kandinsky au Louvre. J'essayai de ne pas grimacer en entendant le nom de son petit ami.

— C'est un de ces peintres qui produisent des mélanges de formes et de couleurs ?

— C'est magnifique, tellement vibrant.

— Oui. Je pensai qu'il valait mieux, à ce stade, ne pas révéler ce que je pensais de ce type d'art, si tant est qu'on puisse appeler cela de l'art.

— Et toi, Maestro, quels sont tes projets ?

— Huh, je ferai ce que je fais tous les samedis – je m'enfermerai dans mon bureau et je travaillerai.

— Tu ne fais que travailler, dit-elle en trempant un morceau de pain dans son œuf. Tu devrais te donner un jour de congé de temps en temps.

— Je sais, tu as raison. Pourtant, pensai-je, travailler était le seul moyen de rester hors du chemin de Michèle.

Une grande cheminée dominait la pièce, des chandeliers sur le manteau, un miroir octogonal à cadre doré au-dessus ; au centre de la pièce, une table basse ovale croulant sous les magazines de mode et, sur le côté, un exemplaire du Monde.

— C'est quoi cette chanson ? demandai-je en entendant quelque chose à la radio que je n'avais jamais entendu auparavant.

— Oh, c'est bien ça, n'est-ce pas ? C'est All or Nothing d'un groupe appelé The Small Faces, dit-elle, prononçant les noms avec un accent anglais exagéré.

— Très bien, Isabelle, tu ferais une bonne disc-jockey anglaise.

Elle rit. — Merci bien, Monsieur le Chef d'orchestre.

La chanson se termina. Une autre commença. — Ah, celle-ci je la connais.

— Bien sûr, on la connaît tous. Comment pourrait-on ne pas la connaître ?

C'était Hey Jude des Beatles. Je pensai à Hilda et à son opinion méprisante des Fab Four.

D'un mouvement brusque de ses mains, Isabelle renversa la salière. — Quelle maladroite je fais, dit-elle.

— Je ne savais pas qu'il y avait une nouvelle exposition Kandinsky

exposition.

— Oui, il y a une bonne critique dans Le Monde, dit-elle en pointant le journal. Tu as lu le journal hier ?

— Non, je n'ai jamais le temps, dis-je en raclant le reste de l'œuf.

— Alors tu n'as pas lu l'article sur cette affaire qui arrive avec cette femme de la guerre ? demanda-t-elle en essuyant les miettes de ses doigts.

Je remuai une cuillère supplémentaire de sucre dans mon café. — Quelle femme ?

— Elle vient juste d'être retrouvée. C'était une gardienne à Drancy, tu sais ?

Je m'étouffai avec mon café.

— Ça va ?

— Oui, oui, dis-je en me frappant la poitrine. Drancy, le camp de concentration ?

— Ouais. Une vraie salope, d'après ce qu'on dit, qui travaillait pour les nazis — qui faisait leur sale boulot. Elle prit son bol de café. J'espère qu'elle va payer pour ça.

— Attention, Isabelle, nous n'avons pas le droit de préjuger.

Lentement, elle posa le bol sur la table. — Moi, je peux, dit-elle d'une voix plate. Ses yeux changèrent, leur éclat se dissolvant en quelque chose de beaucoup plus sombre.

— Que veux-tu dire ?

Elle retint son souffle et baissa les yeux vers la nappe. — Mon père a été envoyé à Drancy. Il était dans l'un des derniers convois partis de là-bas pour Auschwitz.

— Oh. Je ne savais pas comment continuer.

— Je suis juive.

— Je vois. Je ne le savais pas.

Elle fit une grimace. — Et alors ? Ça change quelque chose ?

— Non, bien sûr que non.

Nous restâmes silencieux un moment. Je voulais lui demander si son père avait survécu. Au lieu de cela, je l'observai tandis qu'elle traçait un cercle de sel du bout du doigt. — J'ai vingt-trois ans ; je suis née fin 1944. Je n'ai jamais connu mon père.

— Je suis...

— Mes parents se cachaient dans un village dans les collines au-dessus de Lyon. Ils logeaient chez des gens bien, toute une communauté de fermiers qui voulaient protéger les Juifs. Mais c'était de plus en plus difficile. Deux fois, les Allemands étaient venus faire des fouilles, offrant des récompenses à ceux qui étaient prêts à dénoncer les Juifs. Mes parents s'en étaient sortis mais ils savaient que ce n'était qu'une question de temps. Et puis Maman est tombée enceinte de moi. C'était dans les derniers mois de l'occupation, au printemps 44. Ils ont décidé qu'ils devaient faire quelque chose avant qu'elle ne devienne trop, je ne sais pas, handicapée. Ils ont essayé de passer la frontière vers la Suisse. Beaucoup de gens étaient déjà partis par là. Mais quelqu'un les a dénoncés, et ils ont été arrêtés et envoyés à Drancy, où ils ont été séparés. Ils étaient gardés dans des conditions inhumaines, et battus sans raison. L'article dit que le camp était géré par les nazis. Les Français l'ont dirigé au début jusqu'à ce que les Allemands prennent le relais, mais ils ne mentionnent pas ça. Trop honteux, je suppose. Maman n'a plus jamais revu Papa. Il a été mis dans un train pour Auschwitz, ça, elle le savait. Elle est restée à Drancy. Elle a toujours pensé qu'elle me perdrait ; ils étaient tous tellement sous-alimentés. Mais elle a survécu, et moi aussi, comme tu peux le voir, j'ai survécu. Je suis née terriblement prématurée. Ça explique, je suppose, pourquoi j'ai toujours été si maigre.

— Tu es parfaite, Isabelle.

Elle sourit et tendit la main vers la mienne à travers la table.

— Vous êtes trop gentil, Maestro. Donc vous voyez, personne qui a travaillé à Drancy ne peut être innocent. Elle se leva de table et alla chercher le journal. Feuilletant les pages, elle trouva l'article. — Le voilà. Elle s'appelle Hilda Lapointe.

Regardez-la, elle a l'air d'un vrai monstre, vous ne trouvez pas ?

Elle fit passer le journal par-dessus la table. Ma bouche s'assécha en voyant sa photo d'identité judiciaire. J'étais choqué par l'intense froideur de ses yeux, ses lèvres minces, le contour solide de sa mâchoire. Isabelle avait raison — elle avait l'air d'un monstre.

Je lus le premier paragraphe :

Elle a échappé à la justice pendant plus de deux décennies, mais le mois prochain, au Palais de Justice, Hilda Lapointe, 68 ans, ancienne gardienne du camp d'internement de guerre dans la banlieue parisienne de Drancy, sera enfin confrontée à ses accusateurs. Surnommée "La Dame à la Matraque" par ses victimes, elle était tristement célèbre pour avoir utilisé son gourdin contre les détenus juifs de ce camp dirigé par les nazis.

Incapable d'en lire davantage, je pliai le journal et le posai soigneusement sur la table.

— Ça va, Maestro ? Vous avez l'air préoccupé par quelque chose.

— Non, ça va. Tout va bien, dis-je doucement.

*

Je passai l'après-midi enfermé dans mon bureau, à ruminer. L'article du Monde m'avait profondément choqué. Je n'avais aucune idée que l'affaire d'Hilda attirerait la moindre attention, et encore moins celle d'un journal national. Quand Monsieur d'Espérey m'avait demandé de parler en faveur d'Hilda, je n'avais absolument pas perçu que les gens et les médias pourraient être intéressés. J'appelai immédiatement l'avocat.

— À quoi vous attendiez-vous, Maestro ? Bien sûr qu'une chose pareille susciterait de l'intérêt.

— Mais c'était la guerre, bon sang, il y a vingt-trois ans. Les gens n'ont-ils pas tourné la page ?

Il a ri, mais pas d'une manière qui laissait entendre qu'il avait trouvé quoi que ce soit drôle. — Vingt-trois ans, ce n'est pas si long, Maestro. Vous, Monsieur, dirigez de la musique vieille de centaines d'années, alors vous devez sûrement apprécier cela.

— Je ne pensais pas... Je ne réalisais pas... Oh, peu importe. Quoi qu'il en soit, mon point est que je ne pense pas pouvoir vous aider davantage.

— C'est-à-dire... ?

— Je veux dire... Il savait parfaitement ce que je voulais dire - il voulait simplement me rendre les choses difficiles. — Mademoiselle Lapointe, je ne peux pas... Bon sang, j'ai ma réputation à préserver.

Immédiatement, j'ai regretté d'avoir utilisé cette expression et il l'a relevée. — Votre réputation, Maestro ?

— Cette femme a travaillé dans le camp de concentration le plus tristement célèbre de France, vous avez dit vous-même qu'elle était coupable de... crimes de guerre, n'est-ce pas ? Je suis bien connu, vous le savez, je ne peux pas être vu en train de cautionner les actions d'une gardienne de camp sadique.

— Notre affaire repose sur le fait qu'elle a été contrainte d'agir comme elle l'a fait, à la fois par ses maîtres et par l'environnement, qu'elle était une complice involontaire. Écoutez, c'est une femme qui s'est toujours tenue à l'écart. Elle n'a pas d'amis, pas de famille. Elle est seule au monde, seule et très effrayée. Si vous pouvez prendre sa défense et dire, regardez, elle a peut-être été mauvaise mais pas entièrement, cela nous aidera à prouver qu'au fond, c'était une bonne femme égarée par les circonstances. Nous ne pouvons pas le faire sans vous, Maestro.

— Qu'en est-il de son amie, celle avec qui elle vivait à Saint-Romain après la guerre ?

— Oui, je sais. Hélas, elle est décédée.

— Oh.

— Oui, exactement. Elle n'a que vous et personne d'autre. Vous savez, elle a fait allusion à... mettre fin à ses jours. C'étaient ses mots.

— Vraiment ? Eh bien, ai-je pensé, cela résoudrait tout. — Pensez-vous qu'elle le ferait ?

— Non. C'était une brute, et nous savons tous que les brutes sont, essentiellement, des lâches.

Je ne savais pas quoi dire. Percevant mon silence, l'avocat a continué. — Naturellement, c'est votre choix, mais cette réputation dont vous parlez, et je comprends, a été construite sur le fait que vous avez survécu à la guerre. Et je suis sûr que vous serez d'accord avec moi pour dire que votre survie a été en grande partie assurée par la femme qui dépend maintenant de vous. Mais, comme je l'ai dit, c'est entièrement votre choix, Maestro.

*

Ma conversation avec l'avocat de Hilda m'avait laissé dans un état d'anxiété constant. Des gens avaient été envoyés à la mort depuis Drancy ; des gens y étaient morts. J'ai pensé aux parents d'Isabelle. Qui sait, peut-être que les chemins de Hilda et des parents d'Isabelle s'étaient croisés. Quel était le rôle de Hilda à Drancy ; dans quelle mesure était-elle coupable de choses terribles ? Peut-être n'était-elle qu'un bouc émissaire, comme elle l'avait dit.

Nous avons travaillé dur sur les répétitions de Berlioz et de quelques morceaux supplémentaires mais, pour la première fois de ma vie, j'avais du mal à m'y consacrer. J'avais même du mal à me lever le matin. Ma femme me manquait. Nous avions toujours mené des vies séparées mais maintenant, après son annonce, j'avais l'impression de partager une maison avec une étrangère. Le Maroc semblait loin. Pendant ce temps, chaque jour au travail, je devais voir Isabelle, un membre de mon équipe, attendant mes instructions. Je me sentais mal à l'aise devant elle - et je faisais tout pour ne pas trop la louer ou la critiquer, convaincu que les autres verraient à travers notre langage corporel. Pourtant, je ne regrettais certainement pas de l'avoir comme maîtresse - pas maintenant. Après ce premier jour, je suis revenu et j'ai passé une deuxième nuit peu après. Je trouvais Isabelle délicieuse à fréquenter ; j'aimais sa compagnie. Elle était spirituelle et intelligente et pouvait tenir sa place dans n'importe quelle discussion. Et elle restait un membre précieux de mon orchestre.

Le fait que nous soyons tous les deux infidèles ne lui causait, je pense, aucune préoccupation - jusqu'à un dimanche après-midi. Nous étions allongés sur son canapé, chauds de l'après-sexe, lisant les journaux, écoutant la radio, le genre de choses que j'avais toujours imaginé faire avec Michèle - simplement être ensemble, profitant silencieusement de la compagnie de l'autre, quand sa sonnette a retenti. Elle a bondi du canapé en jurant. — C'est Jacques, a-t-elle crié.

— Comment le sais-tu ?

— Il a une sonnerie spéciale. Bon sang, mets tes chaussures. Merde, que faisons-nous ?

— Tu ne vas pas me faire attendre sur le balcon, n'est-ce pas ?

— Tu es venu pour le travail, a-t-elle dit, sachant que je n'allais jamais nulle part sans un dossier de travail dans ma serviette. — Éteins la radio, a-t-elle dit alors qu'elle rangeait rapidement les magazines et les journaux. Elle a bondi vers l'interphone, boutonnant toujours sa chemise et se recoiffant, et a appuyé sur le bouton pour laisser monter son petit ami.

Le temps qu'il traverse le hall d'entrée, appelle l'ascenseur, monte au quatrième étage et parcoure le couloir, Isabelle et moi étions assis à la table, avec des papiers et des partitions éparpillés autour, jouant le jeu. Elle l'a accueilli avec une longue étreinte et un baiser bruyant tandis que je détournais les yeux et essayais de cacher ma jalousie. Jacques et moi nous sommes serré la main alors qu'elle nous présentait à nouveau. Il a grimacé dans une tentative de sourire et j'ai su qu'il soupçonnait que quelque chose n'allait pas. Je devais trouver une excuse et partir dès que possible.

Ce n'est qu'en enfilant mon manteau que je me suis rendu compte que j'avais laissé ma cravate dans la chambre d'Isabelle. Je ne pouvais pas imaginer une seule raison plausible pour laquelle j'aurais besoin d'y retourner, et à moins que Jacques n'utilise les toilettes d'Isabelle, je ne pourrais pas lui parler seul à seule. Je n'avais pas le choix — je devrais simplement partir et prier Dieu que s'ils décidaient d'aller au lit, ce soit Isabelle et non Jacques qui trouve ma cravate multicolore. L'idée qu'Isabelle emmène Jacques dans son lit encore chaud me donnait la nausée.

J'ai pris le métro pour rentrer chez moi. Prendre le métro était devenu une partie de ma routine quotidienne maintenant, me permettant d'être en contact avec de vraies personnes. J'avais réalisé que j'étais trop coupé du monde — de la maison au théâtre, et du théâtre à la maison, dans une voiture de luxe avec son propre chauffeur. Le trajet me laissait trop de temps pour réfléchir, pour ruminer des problèmes qui n'offraient aucune solution. Dans l'espace confiné de la voiture, je me sentais étouffé par les pensées de Hilda, par la connaissance de ce qui était arrivé aux parents d'Isabelle. Le métro, avec son anonymat et tous ses passagers, m'offrait une échappatoire que même la musique ne pouvait plus me procurer.

*

Voir Isabelle aux répétitions était merveilleusement tortueux — mon cœur s'emballait en la voyant et autant que je voulais l'emmener discrètement à l'écart pour l'embrasser, je savais que je ne pouvais pas. Je pouvais voir que les autres hommes de l'orchestre la trouvaient également attirante mais, je pensais avec jubilation, elle est à moi !

Nous faisions une pause, et je suis sorti sur la terrasse pour prendre l'air. L'automne était bien engagé, on pouvait le sentir dans l'air. Des groupes de mes musiciens se rassemblaient. Cela m'a toujours amusé de voir comment les musiciens restent entre eux — les instruments à vent dans ce coin, les percussions dans celui-là. Isabelle était là avec quelques-uns de ses collègues des cordes, riant, jouant avec un archet dans ses cheveux. Elle était magnifique dans une robe aux genoux avec un ourlet en dentelle, ses jambes fines et ses bras constellés de taches de rousseur ornés de bracelets. Je mourais d'envie qu'elle vienne me parler. Au lieu de cela, je l'observais avec ses collègues, riant, jeune, si pleine de vie. Je brûlais de désir et pourtant, à ce moment-là, en l'observant, je savais que cela ne durerait jamais.

Les gens me saluaient d'un signe de tête, mais je restais, comme toujours, seul. Personne, à moins d'avoir besoin de quelque chose, ne veut parler au patron. Le pouvoir place sur un piédestal solitaire.

J'ai tourné le dos pour contempler la ville en contrebas, les avenues disparaissant au loin, le bourdonnement de la circulation, la ville vibrante et vivante. J'ai agrippé le balcon et réalisé à quel point ma femme me manquait. Isabelle était belle, mais je savais que, si j'avais le choix, je voulais que Michèle revienne. Nous nous étions tellement éloignés l'un de l'autre, nous étions devenus des étrangers l'un pour l'autre. Mais quand je repensais à notre temps passé ensemble, je réalisais qu'il y avait toujours eu cette distance entre nous, elle avait vécu sa vie derrière un bouclier protecteur et personne, pas même son mari, n'était autorisé à s'en approcher. Je me demandais souvent comment elle était avant que la Gestapo ne la torture. Ses parents étaient morts avant que je ne la rencontre, je ne connaissais personne de sa vie d'avant moi. En levant les yeux vers les nuages, j'ai réalisé que des larmes coulaient sur mes joues.

*

Le procès de Hilda devait commencer le lundi et durer la majeure partie de la semaine. J'étais prévu pour témoigner le mercredi. Le concert enregistré devait avoir lieu le samedi suivant. J'ai demandé à Michèle si elle voulait assister au concert. Non, a-t-elle dit, elle avait d'autres projets. J'ai essayé de ne pas montrer ma déception — cela faisait des années qu'elle n'était pas venue me voir jouer. Son manque d'intérêt m'avait toujours blessé, mais jamais autant que maintenant. Mais, curieusement, elle a suggéré que j'aille voir un dentiste avant la représentation, disant que mes dents avaient besoin d'un nettoyage professionnel. Mais j'aurai le dos tourné au public, ai-je dit. Personne ne verra mes dents, à part l'orchestre, et ils les ont vues de nombreuses fois auparavant. Elle a insisté ; elle connaissait un dentiste qui pourrait les blanchir pour moi.

Nous aurions dû répéter tous les jours dans la perspective d'une performance aussi importante, mais, afin d'assister au tribunal, j'avais donné à l'orchestre toute la journée de mercredi. Je ne leur ai pas dit pourquoi, et je ne l'ai certainement pas dit à Isabelle. C'était comme un sale secret. Je savais que je devais le lui dire à un moment donné — après tout, elle le découvrirait bien assez tôt, avec les médias qui attendaient en coulisse, aiguisant leurs couteaux.

Le lundi est passé. Je savais que les journaux de mardi rapporteraient le premier jour du procès, mais j'ai choisi de ne pas en acheter. J'étais déjà assez inquiet sans que ma confiance, ou mon manque de confiance, ne soit davantage ébranlée. Les répétitions étaient une affaire pénible, ma concentration maintenant perturbée, non pas par la présence d'Isabelle, mais par ce nuage noir qui suivait chacun de mes pas.

Le mardi soir, après le travail, Isabelle et moi sommes allés au Bar Rocco. Il était encore tôt, la musique était douce et l'endroit largement désert. Nous nous sommes assis dans le même box que la fois précédente et avons mangé un repas médiocre et bu un vin passable. Elle semblait abattue, aussi abattue que je me sentais. Nous avons à peine parlé, bien que je lui aie demandé si elle pensait que mes dents avaient besoin d'être blanchies. Finalement, alors que nous finissions nos desserts, elle a dit doucement : — Il a trouvé ta cravate, tu sais.

Ma cuillère de crème caramel s'est arrêtée à mi-chemin de ma bouche. — Oh.

— Oui.

— Qu'as-tu dit ?

Elle a presque ri en me le racontant. — J'ai inventé l'excuse la plus ridicule. J'ai dit que tu avais renversé du café dessus plus tôt dans la journée et que j'avais proposé de la laver pour toi, et que je l'avais juste jetée dans la chambre en attendant.

— C'est terrible.

— Et qu'aurais-tu dit sur le moment qui aurait été mieux ?

Elle ne riait plus maintenant.

— Tu as raison. Je suis désolé.

Après une longue pause, pendant laquelle je contemplai mon dessert, je demandai :

— T'a-t-il crue ?

— Il a fait semblant.

Nous ne parlâmes pas pendant quelques minutes, nous efforçant de terminer nos desserts. Je demandai si je devais appeler pour l'addition.

Elle ne répondit pas. À la place, elle dit doucement :

— Je vais au tribunal demain, pour cette affaire dont on a parlé dans les journaux. La gardienne de Drancy.

Mon visage rougit. Je devais l'en dissuader.

— Mais pourquoi, Isabelle ?

Je tendis la main vers la sienne.

— Ça ne fera qu'empirer les choses pour toi.

— Je dois savoir. J'ai besoin de savoir ce qui s'est passé là-bas. Si j'avais le temps, j'irais tous les jours.

— Ta mère t'en remercierait-elle ?

— Elle ne le saura pas.

— Ce n'est pas à moi de le dire, Isabelle, mais... je ne pense pas que ce soit une bonne idée.

— Tu as raison.

Je savourai un moment d'optimisme jusqu'à ce qu'elle me regarde droit dans les yeux.

— Ce n'est pas à toi de le dire.

Je demandai l'addition.

*

Je rentrai chez moi. Si j'étais inquiet à l'idée de comparaître au tribunal avant, maintenant j'étais paniqué. Je trouvai Michèle en train de regarder la télé. Je me servis une bière et m'affalai sur le canapé à côté d'elle, faisant semblant de m'intéresser à un documentaire sur le président Kennedy. Je voulais tout lui dire, elle était toujours ma femme après tout, mais les mots ne venaient pas. Je me demandais comment nous étions devenus si étrangers l'un à l'autre. Ne lui avais-je pas tout donné ? Je regardai autour de notre salon dans toute sa splendeur — le salon en cuir trois pièces, les tapis turcs, le lustre, notre propre meuble à cocktails, malgré ma préférence pour la bière, le miroir encadré d'or, le yucca. Sur la cheminée, divers souvenirs du Maroc, dont un tagine décoratif et une théière aux couleurs vives avec un long bec courbé. Mon Dieu, comme tout cela paraissait ostentatoire, et comme, tout à coup, je le détestais. Je me demandais si elle aussi avait vu l'histoire de Hilda dans les journaux. Après tout, elle avait également souffert aux mains des nazis. Notre absence d'enfants en était le résultat, son incapacité à m'aimer en était une autre. Le documentaire prit fin. Elle se traîna jusqu'à la cuisine pour préparer son cacao et remplir une bouillotte, bien qu'il fasse encore chaud, et nous nous retirâmes dans nos chambres séparées.

Allongé dans mon lit, je décrochai le téléphone. Je devais dire la vérité à Isabelle. Mieux valait maintenant, pensai-je, plutôt qu'elle me trouve au tribunal, prenant la défense de la femme qui représentait ceux responsables des mauvais traitements infligés à ses parents et de la mort de son père. Elle répondit à la deuxième sonnerie.

— Jacques ? dit-elle.

Ravalant ma déception, je dis bonjour.

— Je... je voulais m'assurer que tu allais bien.

— Bien sûr.

Elle bâilla et je ne pus m'empêcher de me demander si elle l'aurait fait si ç'avait été Jacques au bout du fil.

— Pourquoi n'irais-je pas bien ?

— C'est juste que... eh bien, tu semblais un peu silencieuse ce soir, un peu pensive.

— Je suis inquiète, c'est tout, pour demain. C'est une grosse affaire pour moi, ce procès. Je suis nerveuse à l'idée de comment ça pourrait m'affecter, tu comprends ?

— Oui.

C'était maintenant ou jamais.

— Écoute, Isabelle, à propos de demain...

— Je sais, je suis juste bête. Ignore-moi ; tout ira bien. Écoute, c'est gentil à toi d'appeler, mais je suis vraiment fatiguée. Je dois y aller maintenant. Je te verrai jeudi, Maestro.

— Mais, Isabelle, attends...

Elle avait raccroché. Je gardai le combiné un moment, son bourdonnement pénétrant mon cerveau jusqu'à ce que, dans un accès de frustration, je le repose violemment sur son socle.

Paris, octobre 1968

Monsieur d'Espérey ne m'attendait pas avant la session de l'après-midi. Je me suis préparé et, dans ma hâte, je me suis coupé en me rasant. Oh, l'anxiété. Même les plus grands et les plus prestigieux des concerts ne m'avaient pas réduit à un tel état. J'ai longuement réfléchi à ma tenue et j'ai finalement opté pour du tout noir - comme si j'allais à un enterrement. Pour une touche de couleur, j'ai ajouté un œillet artificiel à ma boutonnière, puis, le jugeant inapproprié, je l'ai retiré. Même Michèle, qui ne s'intéressait jamais à mes allées et venues, a fait un commentaire sur mon costume. Une réunion avec les patrons de la maison de disques, lui ai-je dit. Elle aussi sortait pour la journée et nous avons fait une danse élaborée pour nous assurer de ne pas partir ensemble.

Le Palais de Justice, un grand bâtiment en pierre grise au centre de Paris, est un lieu spectaculaire mais intimidant. J'avais entendu dire que Marie-Antoinette y avait été emprisonnée avant d'être exécutée. Je me suis dirigé vers les chambres, comme on me l'avait indiqué, et là, assis sur un banc dans le couloir, j'ai attendu Monsieur d'Espérey et Hilda. Finalement, ils sont apparus, après une pause, et, pour la quatrième fois seulement de ma vie, j'ai rencontré Hilda. Elle avait l'air épuisée et pâle, ses lèvres de la même couleur que sa peau, mais déterminée, ayant l'air de quelqu'un prêt à livrer bataille. Je leur ai parlé poliment mais je n'ai pas pu me résoudre à agir de manière amicale. Je voulais qu'ils sachent que je faisais cela à contrecœur. Elle était élégante pour l'occasion - une veste et une jupe assorties d'un marron profond, une chemise à col avec une cravate noire. Elle m'a serré la main fermement. — Je ne pourrai jamais assez vous remercier, a-t-elle dit.

— Qu'est-ce qui ne va pas avec votre visage ? a demandé Monsieur d'Espérey.

— Quoi ? Oh, je me suis coupé en me rasant. Alors, comment ça s'est passé ?

Il a jeté un coup d'œil à Hilda. — Pas très bien, pour être honnête. Il a retiré sa perruque et, en examinant l'intérieur, a dit : — L'accusation a bien choisi ses témoins - ils sont tous éloquents, ont une bonne mémoire, et chacun d'eux éprouve une haine profonde envers Hilda ici présente.

J'ai dû me retenir de dire : « À quoi vous attendiez-vous ? » Au lieu de cela, j'ai demandé : — C'est à mon tour maintenant ?

— Non, ils ont du retard. Il leur en reste encore un. Je crains qu'ils n'aient gardé le meilleur pour la fin. En secouant sa perruque, il a poursuivi : — Raison de plus pour que vous jouiez votre rôle, Maestro. Vous et les autres.

— Les autres ? Je pensais...

— Nous avons réussi à dénicher quelques anciens élèves d'Hilda.

— Des élèves ?

— J'étais enseignante, a dit Hilda, avec un sourire ironique. De musique.

— Vous étiez professeure de musique ?

Elle a fait une grimace. — Avant la guerre. Dans une école de filles catholique. Je ne vous l'avais pas dit ?

— Non. Non, vous ne l'avez jamais mentionné. Je pense

que je m'en serais souvenu.

— Eh bien, nous avons tous quelques surprises, n'est-ce pas ?

*

— Madame Kahn, quel âge aviez-vous au moment de votre arrestation ?

— J'avais quinze ans.

— Pourquoi avez-vous été arrêtée ?

Elle a haussé les épaules comme si c'était une question stupide. — Parce que je suis juive.

— Et quand était-ce ?

— Le 4 décembre 1943. Une femme mince aux joues creuses, Madame Kahn tirait sur les perles autour de son cou.

— D'autres membres de votre famille ont-ils été arrêtés en même temps ?

— Oui, mes parents, ma grand-mère et ma petite sœur.

— Que leur est-il arrivé ?

— Suzanne, ma sœur, et moi avons été séparées de nos parents et...

— De force ?

— Oui. C'était... horrible. Nous avons essayé de nous accrocher à eux. Suzanne est devenue hystérique, enfin, nous l'étions tous. Il y avait des centaines de familles comme nous, toutes séparées de force. Ils nous ont donné des coups de pied et nous ont frappés avec leurs bâtons, et ont utilisé des lances à eau contre nous. Le bruit, les cris, resteront gravés en moi pour toujours. C'est à ce moment-là que je me souviens l'avoir vue pour la première fois.

— Elle ? L'accusée ?

Elle a pointé du doigt Hilda, qui était assise

impassiblement, sans expression. — Oui, elle.

— Irène d'Urville ou, comme on la connaît aujourd'hui, Hilda Lapointe.

J'ai jeté un coup d'œil autour de moi. La salle d'audience manquait du style de son extérieur. Une moquette marron unie du sol au plafond et des murs lambrissés lui donnaient un aspect plutôt lugubre. Le public était assis soit sur une estrade surélevée derrière, soit dans une galerie au-dessus. Chaque espace était occupé. Sans vouloir le rendre trop évident, j'ai cherché Isabelle mais je ne l'ai pas vue. Peut-être n'était-elle pas venue finalement. Sur les murs, divers portraits encadrés d'hommes à l'air sérieux en perruque, tandis que derrière le juge, un portrait plus grand du président de Gaulle avec son long nez, ses yeux perspicaces et son regard légèrement méprisant. D'un côté étaient assis les douze hommes et femmes du jury. Le juge, un homme décharné avec des lunettes épaisses au bout d'un nez fin, écoutait attentivement tandis que le procureur posait sa question suivante à Madame Kahn.

— Maintenant, pourriez-vous dire à la cour ce que faisait Madame d'Urville au moment où vous êtes arrivée à Drancy ?

— Elle criait et donnait des ordres à son personnel.

— L'avez-vous vue utiliser la force ?

— Non, mais d'autres le faisaient sur ses ordres.

Il a fait une pause un moment pour regarder ses notes. — Avez-vous revu votre famille ?

— Suzanne et moi sommes restées ensemble. Je n'ai plus jamais revu ma mère, mon père ou ma grand-mère.

— Que leur est-il arrivé ?

— À l'époque, je ne savais pas, mais après la guerre, j'ai appris qu'ils avaient été déportés à Auschwitz.

— Et... ?

Elle baissa la tête et murmura : — Ils ont été gazés.

— Tous les trois ?

— Oui.

— Votre sœur a-t-elle survécu ?

— Oui, mais elle...

Il baissa les yeux vers elle. — Continuez.

— Elle s'est donné la mort, il y a cinq ans.

— Je vois.

Elle regarda le sol et sortit discrètement un mouchoir qu'elle serra dans sa main. Il lui accorda quelques instants pour se ressaisir. — Madame Kahn, combien de temps avez-vous été incarcérée à Drancy ?

— Huit mois.

— Pourriez-vous décrire à la cour les conditions là-bas ?

— Oui. C'était terriblement surpeuplé. J'ai appris après la guerre que l'endroit était conçu pour 700 personnes, mais nous étions 7 000 entassés là à tout moment. Nous dormions à cinquante par dortoir. Les chanceux avaient des lits superposés ou même juste des planches pour dormir. D'autres dormaient sur de la paille par terre. Nous étions mal nourris — une soupe claire qui avait un goût de savon, sans protéines. Des gens mouraient de malnutrition. Il y avait à peine d'eau fraîche et seulement deux toilettes.

— Deux toilettes pour 7 000 détenus ?

— Oui, vous pouvez imaginer ce que c'était. Les gens tombaient malades tout le temps et beaucoup mouraient. Il y avait peu d'électricité, alors pendant l'hiver nous avions toujours très froid, grelottant constamment.

— La sécurité était-elle stricte ?

— Bien sûr. Il y avait des barbelés partout, des projecteurs, des miradors et des hommes avec des mitrailleuses. En tant que Juifs, nous n'avions pas le droit de regarder un garde allemand ou français dans les yeux. Si nous croisions un garde, disons, dans l'escalier, nous devions nous arrêter et nous plaquer contre le mur.

— Et pendant ces huit mois, avez-vous eu beaucoup de contacts avec l'accusée ?

— Nous la voyions presque tous les jours. Certains gardes étaient corrects, d'autres n'étaient méchants qu'occasionnellement, comme si on l'attendait d'eux, mais elle était la pire. Nous avions tous très peur d'elle.

— De quelle manière exactement ?

— Eh bien, si... Je veux dire, chaque fois que vous la voyiez, vous étiez sur des charbons ardents de peur qu'elle ne s'en prenne à vous.

— Peut-être lui en avez-vous donné des raisons ?

— Non, pas du tout. Elle... La femme se tourna vers Hilda. — Elle n'avait pas besoin de raison.

— Pourriez-vous expliquer à la cour les raisons de votre peur ?

— Elle portait une matraque et elle s'en servait tout le temps, que vous le méritiez ou non. Tout le monde l'appelait « la dame à la matraque ».

Le juge prit la parole. — Avez-vous dit une matraque ?

— Oui, c'était une matraque en bois avec une lanière en cuir.

— Je vois. Continuez.

Le procureur s'éclaircit la gorge. — Madame Kahn, pourriez-vous décrire ce qui s'est passé un matin au début du mois de février 1944 ?

— Oui. Chaque matin, nous devions nous aligner pour l'appel. Nous devions rester là, en lignes de cinq, absolument immobiles, généralement pendant environ deux heures, quel que soit le temps. Cela peut ne pas sembler grand-chose, mais quand vous mourez de faim, que vous êtes faible, peut-être malade, et que vous avez froid et peur, je ne peux pas décrire à quel point c'est difficile.

— Continuez.

— Ce matin-là en février, Madame d'Urville a dit que quelqu'un avait volé de la nourriture dans les cuisines. Personne n'a avoué. Probablement parce que ça ne s'était pas produit—

— Mais vous ne pouvez pas en être certaine ?

— Non. Nous mourions de faim, comme je l'ai dit, donc ça aurait pu arriver.

— Qu'a-t-elle fait ?

— Elle... elle nous a fait nous déshabiller. Nous tous.

— Jusqu'aux sous-vêtements ?

— Non. Elle baissa les yeux. — Nus.

— Il faisait froid ?

— Oui, il neigeait et il y avait de la glace sur le sol. C'était février après tout. Nous devions rester totalement immobiles. Si quelqu'un bougeait, Madame d'Urville nous frappait avec sa matraque.

— Sur quelle partie du corps vous frappait-elle ?

— Généralement, sur les seins.

Il leva les sourcils. — Continuez.

— Elle faisait des allers-retours dans son épais manteau et ses bottes, nous observant comme un loup, pendant que nous restions là, humiliés dans notre nudité. Toutes les demi-heures environ, elle retournait dans les quartiers du personnel pour se réchauffer quelques minutes et une autre femme venait prendre sa place.

— Vous souvenez-vous du nom de cette autre femme ?

— Non.

— Cette autre femme vous frappait-elle ?

— Non, en fait, elle nous permettait même de nous entourer de nos bras. Nous tremblions tous comme des feuilles. Mais avec Madame d'Urville, nous devions rester les bras le long du corps. Beaucoup de filles se sont mises à pleurer. La fille à côté de moi a perdu le contrôle de sa vessie. Je me souviens avoir essayé de marcher dans son urine juste pour réchauffer la plante de mes pieds. Une autre est devenue hystérique.

— Qu'est-il arrivé à cette femme ?

Madame Kahn jeta un coup d'œil de l'avocat à Hilda et inversement. — Elle l'a giflée puis frappée plusieurs fois jusqu'à ce qu'elle tombe. Je veux dire, elle l'a frappée très fort avec sa matraque. Ensuite, elle a continué à la frapper sur le... le derrière et sur la tête, partout, et à lui donner des coups de pied. La femme s'est recroquevillée en boule sur la glace, toute nue. Je me souviens du bruit de ses bottes qui lui brisaient la cage thoracique. Elle, Madame d'Urville, a perdu le contrôle ; elle avait l'air possédée. Elle a frappé cette pauvre femme jusqu'à ce que le sang coule de sa bouche et de ses oreilles. Puis, soudainement, tout s'est arrêté, et Madame d'Urville avait l'air, je ne sais pas, exaltée. Elle ferma les yeux. — Madame d'Urville a ordonné à deux d'entre nous de l'emmener à l'infirmerie.

— Vous étiez l'une d'entre elles.

— Oui, moi et la fille qui s'était urinée dessus, à peu près de mon âge. J'ai pris la femme par les jambes et l'autre fille par les bras. Elle était couverte de sang et certains de ses os...

— Oui ?

— Certains de ses os ressortaient dans des angles bizarres.

— Je vois.

— Bien qu'elle fût maigre comme un clou, nous l'étions aussi, et nous avions à peine la force de la soulever et nous étions bleues de froid. Je me souviens...

— Oui ?

Elle soupira. — Une fois hors de vue de Madame d'Urville, nous l'avons posée par terre pour reprendre notre souffle. Nous nous sentions horribles de la laisser comme ça, en tas sur le sol, comme un sac de pommes de terre, nue et ensanglantée. Nous nous sommes enlacées, très fort, pour essayer de nous réchauffer un peu. Nous pleurions toutes les deux et nos dents claquaient. Nous l'avons emmenée à l'infirmerie et même là-bas, ils ont eu pitié de nous et nous ont donné une couverture chacune.

Parlant lentement, l'avocat demanda : — Connaissiez-vous la femme que vous avez portée ?

— Je lui avais parlé mais je ne connaissais pas son nom. Elle n'était pas jeune ; peut-être environ quarante ans. Mais c'est difficile de dire l'âge d'une personne quand elle est presque morte de faim.

— Savez-vous ce qui est arrivé à cette femme ?

— J'ai entendu dire qu'elle est morte quelques jours plus tard.

— À cause des coups ?

Elle leva les yeux vers le juge. — Je ne saurais le dire avec certitude, mais ça n'a sûrement pas aidé.

L'avocat hocha la tête d'un air entendu. — Merci, Madame Kahn. Je n'ai plus de questions.

Le juge regarda Monsieur d'Espérey qui secoua la tête. Il n'avait rien à demander.

Le juge ordonna une brève suspension d'audience.

*

J'ai passé quelques minutes aux toilettes, à me regarder dans le miroir. L'histoire de Madame Kahn était bouleversante, naturellement, et maintenant on s'attendait à ce que je me tienne devant une salle d'audience bondée, pleine de journalistes, et que je dise au monde qu'Irène d'Urville n'était pas si mauvaise. J'avais mal à la tête, j'avais la nausée, la bouche sèche. Qu'est-ce qui m'avait amené ici ? Si j'avais su, il y a toutes ces années, que je me retrouverais dans cette situation, je pense que j'aurais tenté ma chance avec la Gestapo. Je me suis coiffé et j'ai avalé une gorgée d'eau. Mais je me sentais toujours mal.

En sortant des toilettes, je suis tombé nez à nez sur Isabelle. Nous sommes restés dans le couloir, simplement à nous regarder. Elle aussi s'était habillée pour l'occasion, portant une jupe grise ajustée et une veste assortie, ses cheveux tirés en arrière. Finalement, elle m'a demandé ce que je faisais là. — Je viens juste d'aller aux toilettes, ai-je dit, espérant injecter une note plus légère.

— Tu es venu me soutenir, a-t-elle dit, avec le plus faible des sourires. Jacques est là cependant. Tu as l'air très élégant pour l'occasion.

— Je suis un témoin de moralité pour l'accusée. Voilà, je l'avais enfin dit.

Elle pencha la tête, comme pour mieux comprendre. — Qu'est-ce que tu as dit ?

— C'est une longue histoire mais—

— Tu es un témoin de moralité ? Pour elle — cette garce là-dedans ?

Deux greffiers passèrent, en riant. Je les ai regardés descendre le couloir. — Je suis désolé.

— Je... je ne comprends pas. Tu la connais vraiment ?

— Eh bien, pas vraiment. C'était pendant la guerre. Je, euh...

— Non, attends ; laisse-moi bien comprendre. Tu es sur le point d'entrer là-dedans et de dire quelque chose de gentil sur la femme qui travaillait pour le régime qui a tué mon père ? C'est ça ? Parce que si c'est le cas...

— Isabelle. J'ai tendu la main vers elle mais elle a reculé.

— Alors c'est vrai — c'est ce que tu fais ici. Elle me regardait avec un mépris total ; j'ai rétréci sous son regard haineux.

J'étais presque en larmes quand j'ai croassé : — Je n'ai pas le choix—

— Pas le choix ? Elle a craché ces mots. — Mes parents n'avaient pas le choix ; Madame Kahn là-dedans n'avait pas le choix, mais toi si. Tu as le choix.

D'Espérey est apparu. Avec un rapide hochement de tête, il a dit un bref bonjour à Isabelle. — Maestro, on nous rappelle à l'intérieur.

— Je suis désolé, Isabelle. J'ai suivi l'avocat dans la salle d'audience.

*

— Vous êtes bien connu, Monsieur ; un chef d'orchestre de renom, a dit d'Espérey, les pouces accrochés à son gilet.

— J'aime à le penser.

— Pourriez-vous parler plus fort ? a dit le juge.

— Je suis désolé, Votre Honneur. J'ai dit que j'aimais à le penser.

Il m'a demandé de raconter mon histoire — mon âge, où j'avais grandi, mon intérêt pour la musique, ma formation. J'ai parlé longuement, espérant passer pour un être humain décent, espérant retarder l'inévitable. Puis, quand on en est venu à mes activités pendant la guerre, j'ai avoué n'avoir été guère plus qu'un messager, mais j'ai embelli l'importance de ce que contenaient ces missives, comment les informations que je livrais « régulièrement » avaient fourni les moyens de communication nécessaires pour lancer des attaques contre les occupants allemands. Heureusement, pensai-je, que Monsieur Gapon avait été abattu. Je me demandais ce qu'était devenu le contrôleur africain. J'ai insisté sur le fait que je devais user de ruse pour passer devant les Allemands sans jamais éveiller leurs soupçons. — Une fois, leur ai-je dit, j'ai dû me précipiter aux toilettes du train pour leur échapper. Quand ils ont frappé à la porte, je n'ai eu d'autre choix que de déchirer le papier et de le jeter par la fenêtre. Ils m'ont fouillé et n'ont rien trouvé. C'était un mensonge complet. Levant les yeux, j'ai vu Isabelle, assise vers le fond de la salle d'audience, Jacques à côté d'elle.

— Tout un héros de la résistance alors ?

— Eh bien, je n'irais pas jusque-là. J'espérais qu'Isabelle était attentive à ce moment-là.

— Et c'est en cette qualité de messager pour la résistance que vous avez rencontré l'accusée, Hilda Lapointe ?

— Oui, mais une seule fois, et je ne connaissais pas son nom.

— Saviez-vous où elle travaillait ?

— Non, pas du tout. J'ai jeté un coup d'œil à Hilda, qui était assise là, les yeux fixés sur moi.

— Pourriez-vous raconter à la cour l'occasion où vos chemins se sont croisés ?

Et j'ai donc raconté à la cour l'histoire de ce jour d'août 1942, 26 ans auparavant. J'ai commencé par un préambule sur la façon dont un messager, comme moi, avait été arrêté et torturé — je devais souligner le risque que je courais. C'était étrange — j'étais habitué à raconter des histoires avec de la musique, mais ici, pour la première fois, j'utilisais des mots et j'avais l'impression de n'avoir aucun contrôle.

— Elle aurait pu très facilement vous dénoncer. D'après ce que vous dites, elle vous soupçonnait, mais elle n'a rien dit aux gardes allemands.

— Oui, j'y ai repensé de nombreuses fois depuis.

— Mais elle ne l'a pas fait, a-t-il dit d'une voix forte en se tournant vers les jurés. Elle ne l'a pas livré aux Allemands. Se caressant le menton, Monsieur d'Espérey a réfléchi à sa prochaine question. — A-t-elle gagné quelque chose en intervenant en votre faveur ?

— Pas que je sache.

— Pensez-vous qu'il soit juste de dire que sans l'intervention de l'accusée ce jour-là, votre vie aurait pu prendre un tournant très différent ?

— Objection ! a crié le procureur. La question n'est que pure spéculation.

— Tout à fait, a dit le juge. Objection retenue. Maître d'Espérey, puis-je vous rappeler qu'un tribunal traite des faits, pas des « et si ».

— Bien sûr, Votre Honneur. Je vous prie de m'excuser. C'est peut-être de la spéculation, mais nous connaissons de nombreux, très nombreux cas où des jeunes hommes, parfois des garçons, ont été cruellement torturés par les occupants nazis et fréquemment exécutés, qu'ils aient fourni des informations ou non. Nous savons aussi qu'au début de la guerre, ceux qui étaient arrêtés étaient généralement emprisonnés pendant un certain temps et, à l'exception des meneurs, relâchés. Mais à l'été 1942, beaucoup plus étaient exécutés, souvent pour les transgressions les plus légères. C'est de la spéculation, mais mon point est que ma cliente savait que sans son intervention, ce jeune homme, comme il l'était alors, aurait été en grand danger de torture et peut-être d'exécution.

Quand on me l'a demandé, j'ai dit à la cour comment, après la guerre, Hilda était venue me voir une seule fois, en 1966, et c'était tout. En d'autres termes, nous n'étions en aucun cas des connaissances. — Pourtant, lors de cette conversation, ai-je raison de penser que vous avez reconnu votre dette envers l'accusée ?

— Oui.

— Je vous remercie. Plus de questions.

*

Ensuite, ce fut au tour du procureur. Il a fait les cent pas devant moi, les mains derrière le dos, comme s'il rassemblait ses pensées. — Vous étiez ici ce matin, n'est-ce pas, donc vous avez entendu le témoignage de Madame Kahn. Toute la semaine, nous avons entendu des histoires similaires — de coups habituels, de cruauté et de mauvais traitements de la part d'Hilda Lapointe. Qu'en avez-vous pensé ?

— J'ai pensé... j'ai pensé que c'était épouvantable.

— Hmm, intéressant. Pourtant, vous êtes toujours prêt à vous tenir devant un tribunal pour servir de témoin de moralité à la femme accusée de tels actes barbares ?

Un murmure de voix s'est élevé des tribunes publiques. — Seulement parce qu'elle a peut-être sauvé ma vie. Je ne pouvais pas savoir...

— Mais maintenant, vous le savez ! Vous le savez depuis des mois, à moins que vous ne viviez comme un ermite, ce que nous savons tous que vous ne faites pas. Pourtant, malgré cette connaissance, vous avez quand même accepté. Vous auriez pu dire non à tout moment. Vous pouvez encore dire non à cet instant même !

— Ce n'étaient que des accusations. Quelqu'un a hué.

— Silence ! a dit le juge.

— Seulement des accusations ? Non, pas des accusations — des faits. Sa défense ici n'est pas qu'elle n'a pas commis ces crimes, mais qu'elle était sous les ordres. Donc, laissant de côté le second point pour le moment, ces actes sont des choses qui se sont réellement produites.

— Je... je suppose que c'est parce que j'avais l'impression de lui devoir quelque chose. Les gens ont sifflé contre moi. J'ai senti leur dégoût à mon égard.

— Vous lui deviez quelque chose ? Donc, parce que vous avez bénéficié de cet unique acte de bonté, vous pensez avoir le droit de rejeter toutes ces dizaines de victimes. Se tournant vers le jury, il a dit : — Je répète ce que j'ai dit au début de ce procès — le nombre de victimes et de témoins s'élève à plus de quatre-vingts. Sur instruction du tribunal, nous n'avons demandé qu'à un échantillon de venir ici cette semaine pour témoigner. Il a reporté son attention sur moi. — Donc, malgré ce que nous savons tous être des faits, pensez-vous toujours que vous devez quelque chose à l'accusée ?

Je me tenais là, bouche bée, tremblant. Je sentais le regard d'Isabelle peser sur moi ; je pensais à ses parents, à son père assassiné. Je voyais Madame Kahn, secouant doucement la tête, vivant chaque jour de sa vie avec le souvenir que sa famille avait été gazée, d'avoir ramassé cette pauvre femme du sol glacé. Je sentais le monde entier me regarder, me méprisant pour ce que j'étais devenu.

— Eh bien, Monsieur, nous attendons votre réponse.

J'ai regardé Hilda et je l'ai haïe. Pourquoi avait-elle fait cela, pourquoi était-elle intervenue ? Je me suis souvenu de notre conversation : Un jour, je serai chef d'orchestre / Oh, vraiment ? Vous avez l'air très sûr de vous. Je vous souhaite bonne chance. Ma vie avait fait un tour complet, pourtant j'étais consumé par une haine viscérale que je n'avais jamais éprouvée auparavant. Comment avait-elle pu faire ces choses ? À ces pauvres gens maltraités.

— Un simple oui ou non - pensez-vous toujours avoir une dette envers l'accusée ?

J'ai tremblé en répondant doucement, si doucement : — Oui.

*

Je ne me souviens pas d'avoir quitté la barre des témoins ni de la façon dont les gens m'ont regardé. Mais souvent, depuis, j'ai fait des rêves où mille visages en colère me regardent de travers, me pointant du doigt, sifflant, écumant de rage, du sang suintant de leurs oreilles. Je vois des marques de griffures vives contre les panneaux de bois brun de la salle d'audience. Je vois le juge enfiler une perruque noire. Je vois le père d'Isabelle m'emmener vers un endroit inconnu et sombre. Je vois Monsieur d'Espérey écrire le mot « réputation » avec une plume d'oie. Je vois Marie-Madeleine avec sa tête rasée, la swastika gravée sur sa poitrine. Je l'appelle et je tends la main. Elle me voit et me tourne le dos.

Il m'a fallu des années pour comprendre le sens de ces marques de griffures jusqu'à ce qu'un jour, je tombe sur une photographie de l'intérieur d'une chambre à gaz - ses murs étaient couverts de ces mêmes marques de griffures.

Je sais que je me suis précipité hors de la salle d'audience et que j'ai titubé dans le couloir désert, chancelant d'un côté à l'autre, tombant contre les murs. Je suis allé aux toilettes et, verrouillant la porte de la cabine, je me suis penché au-dessus de la cuvette et j'ai vomi. Qu'avais-je fait, me suis-je demandé encore et encore, qu'avais-je fait ?

Je ne suis pas resté pour entendre Monsieur d'Espérey appeler les anciennes élèves de l'école de filles de Hilda, et je n'ai certainement pas traîné pour voir le tour de Hilda à la barre des témoins. J'en avais assez vu ; j'avais remboursé ma dette et maintenant je ne voulais plus rien avoir à faire avec tout ça. Cette femme pouvait aller en enfer et y pourrir, pour ce que j'en avais à faire.

Je suis rentré dans une maison vide. Je me suis servi un verre bien tassé et me suis effondré dans le canapé. Michèle sortait souvent maintenant. Elle ne me disait pas où elle allait ni avec qui elle était et d'une certaine manière, même si j'étais toujours son mari, je ne sentais plus que j'avais le droit de demander. Nous faisions toujours chambre à part. Au début, j'avais espéré que ce ne serait que temporaire, qu'elle réaliserait bientôt que je lui manquais et qu'elle m'aimait peut-être après tout et m'inviterait à revenir dans le lit conjugal. Je savais maintenant que cela n'arriverait pas, que je ne partagerais plus jamais un lit avec ma femme. J'écoutais les sons discrets de la maison, le vent dehors, le craquement occasionnel et je ne m'étais jamais senti aussi seul. Je me suis saoulé et j'ai fini par tituber jusqu'au lit.

*

Le lendemain, je ne me sentais pas mieux ; en fait, à cause de la gueule de bois, je me sentais pire. J'appréhendais de devoir faire face à Isabelle. Sûrement, elle verrait que j'avais été mis dans une situation impossible ; que, malgré ce qu'avait dit le procureur, je n'avais pas eu le choix. J'étais le dernier à arriver, et tout l'orchestre était déjà en place, accordant leurs instruments. L'effet combiné de quatre-vingts instruments de musique accordés en même temps faisait pulser ma tête.

Serrant mes tempes, je leur ai crié d'arrêter. Une mer d'yeux perplexes s'est tournée vers moi. J'ai cherché Isabelle et je ne l'ai pas vue. Je suis allé me chercher une tasse de thé, et la cacophonie a repris de plus belle. Je me suis assuré de rester absent assez longtemps pour être certain qu'à mon retour, ils auraient fini.

— Je ne vois pas Isabelle, ai-je dit à personne en particulier.

Une collègue violoncelliste s'est levée, une femme d'âge moyen dont j'appréciais toujours le travail. — Maestro, j'ai le regret de vous dire qu'Isabelle a téléphoné pour dire qu'elle démissionnait de l'orchestre.

— Quoi ? ai-je crié. — Mais sûrement, elle fera le concert.

La femme a secoué la tête. — Avec effet immédiat, a-t-elle dit.

— Elle ne peut pas faire ça - son contrat... Lui avez-vous parlé ?

— Non, c'était le bureau. Quelqu'un est juste venu transmettre le message.

J'ai failli m'arracher une poignée de cheveux. Nous étions à deux jours du concert et elle me laissait tomber ? Et nous, elle et moi ? Cela signifiait-il que c'était fini ? Mon Dieu, j'espérais que non ; je l'aimais trop pour la perdre.

Je me suis tourné vers ma première violoniste et lui ai demandé de me remplacer pendant que j'allais passer quelques coups de fil.

M'installant dans mon bureau, j'ai essayé de l'appeler. Elle n'a pas répondu ; je ne m'y attendais pas. J'ai appelé la maison de disques et, mis en relation avec mon agent, je lui ai raconté ce qui s'était passé. Sa réaction a été la même que la mienne. — Son contrat stipule explicitement qu'elle ne peut pas faire ça. Nous pourrions la poursuivre en justice pour ça.

— Peut-être, mais la question est qui pouvons-nous faire

venir à ce stade ? ai-je dit frénétiquement. J'ai suggéré le nom du violoncelliste le plus en vue de France.

— Lui ? Vous êtes fou - il va coûter une fortune, plus que tous les autres réunis.

— C'est la seule alternative fiable que nous ayons à ce stade. J'ai déjà travaillé avec lui ; c'est le seul violoncelliste auquel je peux penser qui pourrait y arriver. Quel choix avons-nous ?

Je l'ai entendu soupirer. — Vous avez raison ; nous n'avons pas le choix, bon sang. OK, je m'en occupe.

— Merci.

— Écoutez, Maestro, avant que vous ne partiez, avez-vous vu les journaux d'aujourd'hui ?

Mon cœur s'est serré ; je savais ce qui allait suivre. Je l'ai entendu froisser le journal. — Le gros titre dit : « Le chef d'orchestre cautionne la collaboratrice ». Il a ri. — J'adore l'allitération. Je vous félicite, Maestro.

— Vraiment ?

— Si vous n'étiez pas déjà assez célèbre, ceci garantit qu'il n'y aura pas un Français qui ne connaisse votre nom. Ça fera une publicité formidable.

Je suis retourné à l'orchestre, et pour le reste de la journée, nous avons peiné — ce n'était guère la préparation idéale pour une si grande occasion.

Sur le chemin du retour, je n'ai pas pu m'en empêcher et j'ai acheté un exemplaire du Figaro. Mon agent avait raison — le compte-rendu du troisième jour du procès de Hilda était accablant pour elle comme pour moi. Ses anciennes élèves n'étaient même pas mentionnées. J'avais peut-être aidé la résistance, disait l'article, mais en prenant la défense de la gardienne, je n'étais pas mieux qu'un collaborateur. Hilda Lapointe serait damnée pour l'éternité, disait-il, et je serais condamné à ses côtés.

J'ai trouvé la maison vide à nouveau. J'ai encore essayé d'appeler Isabelle mais toujours pas de réponse. Je me suis préparé un repas simple et me suis installé pour une soirée de télévision sans intérêt. Sûrement, pensais-je, Isabelle finirait par venir ; elle ne pouvait pas rester fâchée contre moi éternellement. Je l'aimais tellement ; je ne supportais pas l'idée de ne plus la voir et de la prendre dans mes bras. Isabelle était tout ce que je voulais chez une femme — belle, drôle, intelligente et musicienne talentueuse. Dieu, comme elle me manquait.

Je suis allé me coucher et j'ai rêvé de faire l'amour à Isabelle.

*

C'est l'une des grandes joies dans la vie d'un chef d'orchestre — le début du concert. L'orchestre est prêt ; le public est assis et attend votre apparition ; le silence descend, teinté d'anticipation ; les lumières sont tamisées. C'est maintenant, en tant que chef d'orchestre, que l'on fait son apparition sous les projecteurs. C'est samedi soir et tout est prêt. Notre violoncelliste remplaçant, coûtant une petite fortune, a pris la place d'Isabelle, tous les hauts responsables de mon label américain sont présents, ainsi qu'un assortiment de critiques musicaux et même quelques politiciens. Tous les billets ont été vendus ; j'ai entendu des rumeurs de billets vendus au marché noir pour quatre ou cinq fois leur valeur faciale. C'est le plus grand événement musical de l'année. Je suis un professionnel et toutes les pensées concernant Hilda, Drancy et Isabelle ont été bannies de mon esprit. J'avoue avoir des papillons dans le ventre, mais je sais qu'en prenant la baguette, je ne vivrai que pour la musique et la musique seule. Je me tiens dans les coulisses. Le régisseur utilise un talkie-walkie pour communiquer avec le technicien d'éclairage. Tout est en place. Il me fait un signe de tête. C'est le moment.

Je m'avance sur scène et attends que les applaudissements me submergent. Il y a un retard inexplicable. Puis, au lieu d'applaudissements, je suis accueilli par un lent claquement de mains. La panique monte en moi. Je ne peux pas dire ce qui se passe là-bas — l'éclat du projecteur m'aveugle. Quelqu'un a même l'audace de me huer. Comment osent-ils ? Ne savent-ils pas qui je suis ? Je prends la baguette sur le pupitre et je réalise que je tremble. J'essaie de respirer pour calmer mes nerfs, de faire appel à mes ressources intérieures. Mais je trébuche ; ma confiance habituelle s'écoulant comme de l'eau dans un égout. Je fais face à mon orchestre ; je peux voir leurs visages inquiets. Je n'ose pas me retourner. J'ai juste besoin de commencer et de laisser la musique parler pour moi.

Deux heures éprouvantes plus tard, nous terminons. Je transpire de tous mes pores ; je n'ai jamais mis autant d'efforts dans la direction et je tremble d'épuisement. Le public n'applaudit pas. Finalement, je me retourne, haletant lourdement sous l'effort, et scrute l'auditorium. Il me faut quelques instants pour que cela s'imprègne mais, comme un coup de poing dans l'estomac, je vois que la moitié des sièges sont vides. Je ne comprends pas. Une rage s'empare de moi. Jetant ma baguette, je quitte la scène en trombe et me dirige vers les coulisses où je vois le régisseur et mon agent. — C'était quoi ça ? leur crié-je. Je croyais qu'on avait fait salle comble.

— Nous ne voulions pas vous le dire, mais la billetterie nous a informés qu'ils avaient été submergés de gens exigeant un remboursement.

— Pour quelle raison ? Pourquoi ?

— Nous ne savons pas exactement... une sorte de boycott, pensons-nous.

— Un quoi ? Je sais que je hurle mais je ne peux pas m'en empêcher.

— Nous pensons que c'est lié à votre comparution au tribunal.

Je mets mon visage dans mes mains et crie. Je me précipite vers ma loge et, claquant la porte derrière moi, je fais les cent pas, incapable de croire que ça en soit arrivé là. Je me verse un whisky et le bois d'un trait. Je reste là, le verre vide à la main, tremblant de la tête aux pieds tandis que ma gorge brûle. J'aperçois mon reflet dans le miroir — un homme en smoking, nœud papillon défait, le visage rouge de colère et de sueur, un homme contaminé, et pour la première fois de ma vie, je déteste ce que je vois. Je lance le verre contre le miroir, le brisant.

Une demi-heure plus tard, après avoir commandé un autre verre et bu trop de whisky, on frappe à la porte. — Laissez-moi tranquille, criai-je.

— Maestro, monsieur, vint la voix nerveuse de l'autre côté. Il y a quelqu'un qui veut vous voir.

— Dites-leur de-

— Ils disent qu'ils ont quelque chose qui vous appartient et que c'est important.

J'hésitai mais bien sûr, qui peut résister à quelque chose comme ça ? Je me suis levé en titubant, distinctement étourdi, et j'ai ouvert la porte.

— Bonsoir, Maestro, dit-il, en passant directement devant moi pour se tenir au milieu de ma loge. Il remarqua le miroir mais ne dit rien.

— Bon sang, que faites-vous ici ?

— Je suis venu vous rendre ceci, dit-il, en tenant quelque chose d'enroulé dans sa main.

— Qu'est-ce que c'est ?

Il ouvrit sa paume et laissa quelque chose se dérouler de ses doigts. — C'est votre cravate.

— Oui, dis-je, hypnotisé par ses nombreuses couleurs.

— Isabelle voulait que vous la récupériez. Elle a dit que vous ne deviez plus essayer de la contacter. Aussi, elle m'a demandé de vous transmettre un autre message.

Je le regardai avec expectative. — Oui ? Quel est-il ?

— C'est ceci.

Bon sang, la douleur. C'était comme si un marteau-pilon s'abattait sur mon visage. Je suis tombé à la renverse, heurtant ma chaise et atterrissant maladroitement parmi les éclats de verre brisé. Mon visage tout entier a gonflé, pulsant de douleur. Ma vision s'est brouillée, le sang coulait de mon nez et d'une coupure à la main où j'avais atterri sur le verre brisé. Jacques s'est dédoublé sous mes yeux avant de me jeter la cravate, de pivoter sur ses talons et de partir.

Annecy, mars 1969

Je savais que ma carrière serait en lambeaux, mais je ne m'attendais pas à ce qu'elle soit déchirée de manière aussi spectaculaire. Le lundi matin suivant le concert désastreux du samedi, mes patrons de maison de disques m'ont téléphoné pour me dire qu'ils allaient avoir des discussions sur mon avenir. Je pouvais m'attendre à avoir de leurs nouvelles la semaine suivante. Ce même jour, je suis allé voir mon médecin pour mon nez cassé. Entre-temps, le mercredi, après deux jours de délibérations, le jury a rendu son verdict sur Hilda Lapointe. Sans surprise, ils l'ont déclarée coupable de crimes de guerre. La semaine suivante, ma maison de disques m'a convoqué pour une réunion. Après m'avoir demandé ce qui était arrivé à mon nez, ils m'ont dit que par mon association avec une criminelle de guerre, j'étais devenu un handicap à la fois pour moi-même et, plus important encore, pour le label. Ils n'avaient pas d'autre choix que de me libérer. Quand j'ai fait allusion à une compensation, ils m'ont dit que j'avais de la chance qu'ils aient décidé de ne pas me poursuivre en justice. Apparemment, il y avait une clause standard dans mon contrat sur le fait de ne pas jeter le discrédit sur le label. Deux jours plus tard, Hilda était de retour au tribunal pour entendre la sentence — elle a écopé de cinq ans. Les journaux ont mené l'indignation publique, disant que c'était beaucoup trop clément. Ils estimaient qu'elle sortirait dans moins de trois ans. C'était une honte nationale, disaient-ils, une gifle pour ceux qui avaient souffert pendant la guerre.

Je n'ai reçu aucune nouvelle d'Isabelle. Pas que je m'y attendais. Elle me manquait terriblement et j'ai passé des semaines à me languir d'elle.

Les choses ont empiré. Si je pensais que mes redevances me maintiendraient à flot, j'allais encore être déçu. Mes ventes de disques se sont complètement taries. Je n'avais ni travail ni revenu.

L'affaire, et la sentence, ont également bouleversé Michèle, ramenant trop de souvenirs douloureux de la guerre. Son indifférence envers moi s'est transformée d'abord en ressentiment puis en colère. Comment avais-je pu parler en sa faveur, ne cessait-elle de demander, comment avais-je pu faire ça ? Je n'avais pas de réponse ; je ne le savais pas vraiment moi-même. Je voulais utiliser des mots comme « honneur » et « dette », mais ils sonnaient trop creux, trop inadéquats.

À Noël 1968, Michèle a annoncé qu'elle me quittait. Je m'y attendais à moitié. Je pensais que je serais dévasté mais, finalement, ce fut presque un soulagement. Elle voyait quelqu'un d'autre, dit-elle, un dentiste, quelqu'un dont elle était très amoureuse et qu'elle voulait épouser. Bien sûr, pensai-je, le merveilleux dentiste. Je me demandais comment il avait réussi à faire naître son amour alors que moi, après tant d'années, j'avais échoué.

Curieusement, nous nous sommes mieux entendus durant ces dernières semaines que nous ne l'avions fait depuis des années, à l'exception de nos vacances au Maroc. C'était probablement le soulagement. Nous sommes parvenus à un accord à l'amiable, avons vendu la maison et partagé le produit. Avec ma part, j'ai acheté une modeste petite maison avec un petit jardin dans un minuscule village en dehors de la ville d'Annecy, près de la frontière suisse, à environ 40 kilomètres au sud de Genève. Avec ses plafonds bas, ses sols en pierre et ses vieux meubles en bois, la maison est ce qu'on pourrait qualifier de rustique ; bien loin de Paris. Ici, dans ce village, figé quelque part dans le siècle précédent, personne ne me reconnaissait. J'étais une vieille nouvelle déjà oubliée. De plus, mes cheveux plus longs et mon nez nouvellement remodelé me servaient de déguisement. J'ai acheté un chiot, un Jack Russell aux pattes courtes, et je l'ai appelé Claude — d'après Claude Debussy. En mars, j'ai trouvé un emploi dans un entrepôt en ville et j'ai fait de mon mieux pour m'adapter à ma nouvelle situation.

La ville d'Annecy est située au bord d'un lac et le dimanche, Claude et moi faisions le tour de son périmètre, admirant les vues, apaisés par ses eaux calmes. Le soir, avec Claude blotti sur mes genoux, je regardais la télévision, lisais les journaux ou le magazine mensuel de musique classique, Diapason, et j'allais me coucher pour rêver d'Isabelle.

Mais c'était Hilda qui occupait mes pensées.

Rennes, octobre 1969

En avril 1969, Charles de Gaulle a démissionné de la présidence. Les élections pour désigner son successeur ont eu lieu en juin. Je me suis rendu au bureau de vote à Annecy pour déposer mon bulletin. J'ai tendu ma pièce d'identité à la vieille dame qui travaillait là. Après avoir trouvé mon nom sur sa liste, elle a levé les yeux vers moi d'un air intrigué et m'a demandé :

— N'êtes-vous pas...

— Non, ai-je répondu sèchement. Nous avons simplement le même nom.

— Vous lui ressemblez.

— Non, je suis bien plus beau.

J'ai voté pour Georges Pompidou pour la seule raison que j'aimais son nom. Il a effectivement gagné et est devenu notre nouveau président.

Chaque jour, je pensais moins à Isabelle et plus à Hilda. Je me demandais constamment comment elle s'en sortait. Elle avait été incarcérée au Centre Pénitentiaire de Rennes, une prison pour femmes en Bretagne. J'espérais qu'elle souffrait. Je la haïssais pour ce qu'elle m'avait fait et je détestais l'idée qu'elle ait pris le crédit d'avoir prétendument m'avoir sauvé, mais aucun des reproches pour m'avoir, en fait, détruit. J'étais déterminé à ce qu'elle le sache, qu'elle s'excuse d'avoir causé tous mes malheurs. Certaines nuits, incapable de dormir, je revivais le témoignage de Madame Kahn, visualisant ces pauvres femmes nues sur la glace pendant qu'elle les fouettait sur les seins. Parfois, je fantasmais sur l'idée de la tuer. J'achèterais du poison, décidai-je, de la strychnine peut-être, et je le lui administrerais via un gâteau fait maison. Après tout, on dit qu'Alexandre le Grand a été tué par cette substance. Mais je ne suis pas un meurtrier. Pourtant, l'idée de la voir commençait à m'obséder. Je voulais la voir en prison, misérable, repentante pour toutes les choses qu'elle avait faites.

Ne pouvant plus le supporter, j'ai écrit une lettre aux autorités pénitentiaires de Rennes, exprimant le désir de rendre visite à ma « vieille amie », et, après l'avoir postée, j'ai attendu la réponse. Elle est arrivée deux semaines plus tard. Oui, disait-elle, Hilda Lapointe acceptait de me voir. On m'a donné une date et une heure précises.

Et ainsi, à l'aube d'une journée d'automne claire mais fraîche d'octobre 1969, j'ai entrepris le voyage en train de sept heures jusqu'à Rennes, avec un changement à Montparnasse à Paris. C'était la première fois que je me trouvais dans la capitale depuis mon départ quelques mois auparavant, mais je n'avais aucune envie de la voir et je suis resté dans la salle d'attente du quai de la gare jusqu'à ce que je puisse monter dans le train pour Rennes. Le billet de train aller-retour n'était pas bon marché. C'était en soi une nouvelle sensation - je n'avais jamais eu à me soucier de l'argent auparavant, je l'avais simplement. Maintenant, les choses étaient différentes - je devais faire un budget et compter les centimes.

Je me suis installé dans le train et, en mangeant ma baguette au fromage, j'ai commencé à lire le dernier numéro de Diapason. J'avais peut-être été rejeté, mais j'étais toujours intéressé par la lecture sur le monde de la musique classique. Je savais, grâce au numéro précédent, que les Américains m'avaient trouvé un remplaçant en qui ils plaçaient de grands espoirs. Le jour de sa première représentation, je lui ai même envoyé un télégramme lui souhaitant bonne chance. J'ai essayé d'être sincère, mais en vérité, j'espérais plutôt le voir échouer. Le magazine m'a aidé à passer le temps dans le train. Mais arrivé à la page treize, ma bouche s'est ouverte, mon esprit tourbillonnait - là, magnifique, se trouvait une photographie d'Isabelle. Mon cœur battait la chamade alors que je lisais l'interview qui l'accompagnait, peinant à saisir les mots. J'en avais assez absorbé pour voir qu'elle avait été engagée par mon ancien label en tant que soliste et qu'elle allait bientôt enregistrer son premier disque. Dotée d'un talent naturel, concluait l'article, Isabelle a un avenir brillant devant elle. Et elle bénéficiera du soutien de son nouveau mari et manager, Jacques. Nous leur souhaitons bonne chance à tous les deux. J'ai jeté le magazine de côté, submergé par un sentiment de désir et de regret.

Rennes, à première vue, semblait être une ville attrayante. Mais l'ignorant, et sans le temps ni l'envie d'explorer, j'ai pris un taxi directement pour la prison. Là, on a fouillé mon sac, feuilleté mon magazine, et j'ai passé tous les autres contrôles de sécurité. Satisfait, le gardien m'a ensuite conduit dans une pièce nue, aux murs gris, sans air, et m'a dit d'attendre. J'ai pris une chaise en plastique et me suis assis, les mains sur les genoux, regardant diverses personnes et membres du personnel pénitentiaire aller et venir. Ce n'est qu'à ce moment-là que j'ai commencé à regretter ma hâte. Pourtant, je savais qu'étant venu si loin, je devais aller jusqu'au bout. Je ne pouvais pas continuer ma nouvelle vie tant que je ne l'aurais pas confrontée et que je n'aurais pas définitivement tourné la page sur tout cet épisode malheureux. J'avais voulu des excuses, mais je savais que c'était trop en demander. Je voulais quelque chose d'elle, je ne savais juste pas quoi. Peut-être que si j'étais resté au tribunal ce jour-là, j'aurais entendu ce que j'avais besoin d'entendre.

Une demi-heure plus tard, on m'a appelé. Mon cœur a fait un bond en entendant mon nom. J'ai suivi la gardienne à travers une cour, monté un escalier, et passé un dédale de couloirs, m'arrêtant derrière elle pendant qu'elle déverrouillait et reverrouillait de nombreuses portes et grilles. La gardienne m'a conduit dans une grande salle pleine de tables et de chaises, dont certaines étaient déjà occupées par d'autres visiteurs, et m'a dit de m'asseoir. Était-ce tout ? me suis-je demandé. Je m'attendais plutôt à une séparation entre nous et eux, mais non, nous allions partager une table comme si nous prenions un café dans un café, bien que sinistre.

Une porte s'est ouverte à l'autre bout de la salle, et deux gardes sont entrés suivis d'un certain nombre de prisonnières, chacune portant des menottes, et toutes vêtues de façon identique en combinaisons grises de prison. Il y a eu des saluts et des embrassades. J'ai cherché Hilda et l'ai trouvée, dernière dans la file. En me voyant, elle a hoché la tête et s'est dirigée vers moi. Elle s'est assise de l'autre côté de la table, s'adossant à la chaise, me fixant d'un regard d'acier.

— Bonjour, Hilda. Comment allez-vous ? Question stupide, ai-je pensé.

— Je vais bien, comme vous pouvez le voir. Elle avait réussi, d'une manière ou d'une autre, à prendre du poids, bien que cela ait pu être une illusion dans la combinaison informe. Mais ses épaules semblaient carrées, sa mâchoire également.

Elle avait le teint de quelqu'un manquant de soleil sur sa peau, son visage était presque gris, ses yeux enfoncés.

— Pourquoi voulez-vous me voir ? a-t-elle demandé, évitant toute conversation superficielle.

— Je ne sais pas, ai-je bégayé. Je suppose que je voulais voir comment vous alliez.

— Je vais bien - je vous l'ai dit et, comme vous pouvez le voir, je suis ici, et je vais bien, compte tenu des circonstances.

— Êtes-vous... êtes-vous bien traitée ?

Elle a fait une grimace que j'ai interprétée comme un oui réticent.

— Qu'est-il arrivé à votre nez ? a-t-elle demandé.

— J'ai marché dans un mur.

Son attitude me déstabilisait ; la façon dont elle me regardait sans sourire, assise là avec les menottes autour des poignets.

— Avez-vous d'autres visiteurs ?

— Non, tu es le premier. Après une pause, elle ajouta : Et sans doute le dernier.

J'étais venu jusqu'ici pour ça ?

— Ce que tu veux vraiment savoir, c'est si je me suis repentie de mes péchés ?

J'ai ri nerveusement. — Tu me fais ressembler à un prêtre.

— Ils ont envoyé un prêtre me voir - je l'ai renvoyé. À quoi me servirait un prêtre ? Bon, puisque tu es là, je vais te le dire. Je ne le répéterai jamais. Si tu étais resté au tribunal et que tu avais écouté, tu saurais. C'est exactement ce que je pensais. Ce que j'ai dit, et que je maintiens, c'est que je n'avais pas le choix. Je devais être sévère, on l'attendait de moi, et bien sûr, je suis désolée pour les femmes que j'ai blessées en tant qu'individus, mais il ne faut pas oublier, Maestro, que c'étaient des Juives. Tu ne te souviens pas comment c'était avant la guerre ? Peut-être étais-tu trop jeune. Nous avions ce Premier ministre juif et le pays partait à vau-l'eau. Décadence, manque de morale, débauche, corruption - voilà ce que nous avions. Du gauchisme, trop de gauchisme. Il a fallu les Allemands pour nous remettre dans le droit chemin. Bien sûr, c'est très mal vu de dire ça maintenant, surtout maintenant que nous savons ce que nous savons.

— Les camps de la mort ?

Elle a hoché la tête.

— Mais-

— Non, j'ai peut-être aidé les Juifs à monter dans le train, mais j'ai juré devant le tribunal que je ne savais pas ce qui allait leur arriver. « Réinstallation » - c'est tout ce que je savais. Je savais qu'il ne fallait pas remettre en question les ordres.

— Regrettez-vous-?

— Ce n'est pas à toi de me poser cette question.

Nous nous sommes dévisagés. Finalement, j'ai dit : — Tu m'as dit une fois que quand tu m'as vu dans ce train, tu as pensé qu'il était rare de voir un jeune homme poursuivre de si nobles objectifs.

— Oui, j'ai vu que tu n'étais pas l'un d'entre eux, un gauchiste, que tu avais une cause, une cause honorable. Tu lisais ta musique et j'ai vu en toi l'avenir de la France.

— Moi ? Honorable ? ai-je crié. Hah, je suis désolé, mais tu t'es trompée.

— Non, pas du tout. Tu dirigeais de la belle musique, tu aidais à initier les masses à ce qu'il y a de bon dans la vie - la culture, l'appréciation, le raffinement.

— Tu crois vraiment ça ? Tu parles du manque de morale et de débauche - c'était moi, ai-je hurlé en me frappant la poitrine. J'ai peut-être dirigé certains des plus grands compositeurs français, mais mon Dieu, j'ai vécu une vie d'indulgence.

Une des gardiennes s'est approchée. — Tout va bien ici ? a-t-elle demandé.

— Oui, merci, tout va bien. Je me suis rendu compte que d'autres nous regardaient. — Je suis désolé.

Elle s'est éloignée lentement, gardant un œil sur nous.

— Tu ne peux pas être sérieux, a chuchoté Hilda.

Je me suis penché vers elle. — Tu n'as aucune idée des sommes que j'ai gagnées. Des montants obscènes. Et ai-je utilisé ma richesse pour aider les autres ? Ai-je fait des dons à des œuvres de charité ; suis-je devenu un bienfaiteur pour les moins fortunés que moi ? Non, je n'y ai jamais pensé. Je payais mes impôts, c'est tout, et encore, à contrecœur. Je ne m'intéressais à personne, je ne me souciais pas des masses, comme tu les appelles. Tant que j'avais ma fortune, et une admiration et une gratitude constantes, j'étais heureux. J'ai été infidèle à ma femme et j'ai couché avec une belle femme plus jeune. Donc tu vois, tu t'es trompée. Le jeune homme que tu as sauvé ce jour-là s'est avéré être la définition même de ce que tu détestais. Ces femmes que tu as si cruellement battues avaient un plus grand sens de la moralité dans leur petit doigt que moi dans tout mon être. Tu t'en es prise aux mauvaises personnes, Hilda. Tout ça n'a servi à rien, tout ce que tu as jamais fait n'a servi à rien.

— Non, je ne peux pas croire ça.

— Et maintenant je suis tombé en disgrâce, mis de côté, et je n'ai plus rien.

— Oh, je t'en prie, maintenant tu vas me dire que sans rien, tu es plus heureux que jamais ; que tu mènes une existence plus épanouissante. Elle a ri.

— Non, ce n'est pas le cas - je récupérerais tout ça en un instant. Qui ne le ferait pas ? Mais je voudrais être plus jeune, et faire partie d'un groupe de rock, et prendre de la drogue, et aller à des orgies.

— Tu crois vraiment que je vais croire ça ? Tu es pathétique. Tes circonstances peuvent changer, mais tu ne peux pas changer qui tu es.

— Tu l'as dit, Hilda, tu l'as dit.

Elle s'est adossée à sa chaise. — Merci d'avoir pris le temps de me rendre visite, Maestro.

— Bien, je suis content de partir.

— Parfait.

Je me suis levé de ma chaise. La gardienne s'est approchée, peut-être pour s'assurer que je ne recommence pas à crier. Je me suis tourné pour partir. — Oh, j'ai failli oublier. Je t'ai apporté un gâteau. L'accueil a dit que ce serait OK. J'ai posé la boîte sur la table, en retirant son couvercle. — J'espère que tu l'aimeras. C'est, euh... fait maison.

*

Quand je suis revenu à Annecy, il faisait nuit et il pleuvait. De la gare, j'ai pris le bus pour retourner dans mon petit village. Tout le long du trajet depuis Rennes, je me suis demandé maintes et maintes fois si j'avais été honnête avec Hilda - voudrais-je tout recommencer ? Peut-être, ai-je pensé, peut-être. Tout ce que je savais, c'est qu'après l'avoir vue, je ne la reverrais jamais.

Épuisé après une si longue journée, j'ai ouvert la porte de ma maison et j'ai été accueilli par un Claude surexcité et affamé. Je l'ai laissé sortir pour faire pipi puis je l'ai nourri. Après l'avoir séché, j'ai mis de la musique marocaine et je me suis installé pour la soirée avec Claude sur le dos sur mes genoux, et j'ai ressenti un élan d'affection pour ma petite maison. Alors que je tapais du pied et chatouillais le ventre de Claude, j'ai réalisé qu'il avait fallu toute la journée, mais Hilda m'avait finalement donné la réponse que je cherchais - je n'avais aucun désir de retourner à mon ancienne vie.

Troisième Partie

Annecy, septembre 1982

— Je pense que, finalement, je vais prendre cette tasse de thé.

— Et pourquoi pas, Monsieur Bowen, pourquoi pas.

Je l'ai laissé assis dans mon canapé moelleux, en train de relire ses notes. — Vous n'avez pas été tenté de prendre un autre chien ?

— Si, ai-je crié depuis la cuisine en versant l'eau dans la bouilloire. Mais c'est trop tôt. Claude n'est mort qu'au début de l'année. Il avait quatorze ans, le pauvre vieux.

J'ai préparé le thé, trouvé un paquet de biscuits et en ai disposé quelques-uns sur une assiette.

— Du sucre ?

— Non merci. Je lui ai tendu son thé et l'assiette. — Merci. Vous ne vous êtes jamais remarié alors, Maestro ?

— Non. J'attends toujours Isabelle.

— Vraiment ?

J'ai ri. — Non, malheureusement pas. Je n'ai plus jamais eu de ses nouvelles, mais je sais qu'elle se porte toujours bien.

— Toujours mariée à ce type, Jésus ?

— Jacques. Non. J'ai entendu dire qu'ils avaient divorcé. Récemment. Ça m'a surpris.

— Vous semblez en savoir beaucoup sur elle, a-t-il dit en s'attaquant à un biscuit.

— Je veille sur elle, et elle est souvent mentionnée dans ce magazine de musique.

— Oui, elle est considérée comme la meilleure

violoncelliste du pays.

— En effet. À Isabelle et à son succès continu, ai-je dit en levant ma tasse de thé.

— Et vous, Maestro, vous n'avez jamais été tenté de revenir à la musique ?

— Non, plus maintenant. Je suis trop vieux de toute façon.

— Balivernes, vous n'avez que quoi, soixante ans ?

— Soixante ans, en route vers les quatre-vingts.

— Mais, bien sûr, ce que je veux vraiment savoir, c'est ce qui est arrivé à Hilda Lapointe. Nous savons que vous ne l'avez pas réellement empoisonnée !

— Non ! Aussi tentant que cela ait pu être.

— Et qu'elle a été libérée en 1971...

— Oui, elle avait purgé trois ans.

— Mais après ça, pouf, elle a tout simplement disparu. Il a pris une gorgée de son thé. — J'ai demandé à la prison s'ils savaient où elle était, mais ils ne savaient pas, ou plus probablement, ils ne voulaient pas me le dire. Vous savez, Maestro ?

— Moi ? Non. Je ne suis jamais allé la revoir. Elle a probablement changé de nom à nouveau. Elle aurait 82 ans maintenant.

— Si elle est toujours en vie.

— Exactement.

Il a jeté un coup d'œil à sa montre. — Eh bien, Maestro, j'ai assez pris de votre temps et j'ai un long chemin à faire. Il a glissé son stylo dans sa poche intérieure et mis son carnet dans sa mallette. — Je sais que vous devez bientôt sortir.

— Quoi ?

— Vous avez dit que vous deviez aller voir une voisine, ou quelque chose comme ça.

— Ah, oui, bien sûr. Je devrais aller faire mon devoir.

— C'est très aimable à vous. Il s'est extirpé du canapé avec difficulté. Lissant les plis de sa veste, il m'a tendu la main. — Ça a été un vrai plaisir.

— Tout le plaisir est pour moi, Monsieur Bowen. Maintenant, vous avez tout ? Bien. Je vais vous raccompagner.

— Merci.

— Je pense qu'il va bientôt pleuvoir, ai-je dit en sortant avec lui. Quand pensez-vous que l'article paraîtra ?

— Après le passage de la photographe. Je lui demanderai de vous appeler. Puis probablement une semaine ou deux après cela.

— C'est parfait. J'ai hâte de lire à mon sujet, ai-je dit, conscient d'avoir laissé transparaître un soupçon de ma vieille vanité.

— Oui, eh bien. Merci pour le thé.

— Bon retour.

— Merci. Au revoir, Maestro.

— Au revoir, Monsieur Bowen. Au revoir. Je l'ai regardé partir, dans son élégant costume couleur crème, et j'ai pensé, quel charmant garçon.

*

De retour à l'intérieur, j'ai mangé un autre biscuit et fini mon thé. Oui, me suis-je dit, je ferais mieux d'y aller - il était presque quinze heures. Elle n'aime pas quand je suis en retard. Non pas qu'elle sorte jamais, mais elle aime la routine.

J'étais étrangement satisfait, comme si je venais de me purger de quelque chose de désagréable. Je me sentais plus léger en quelque sorte. Est-ce ainsi que se sentent les catholiques après la confession, me suis-je demandé. Enfilant mon manteau et prenant mon parapluie, j'ai fermé ma porte d'entrée derrière moi et me suis dirigé vers la route. J'ai dit à Monsieur Bowen que j'allais rendre visite à un voisin, mais en fait, ils vivaient à l'autre bout du village. J'ai traversé la place du village, dépassé l'église, et longé une autre rue bordée de charmants cottages et de jardins bien entretenus, le pas léger, saluant diverses personnes que je connaissais de vue. Je m'étais trompé au sujet de la pluie — en effet, le soleil commençait à percer les nuages. Je me suis arrêté à l'épicerie du village et j'ai acheté un journal, une douzaine d'œufs, du lait en poudre et un petit assortiment de légumes. Quelle belle journée c'était. J'avais vraiment apprécié de me décharger. Et quel jeune homme agréable était Monsieur Bowen, Henri. J'étais sûr qu'il rendrait justice à l'article. Et voilà la maison. J'ai poussé le portail et admiré le jardin de devant que j'avais, quelques jours auparavant, passé du temps à nettoyer et à désherber, coupant les fleurs fanées. Ayant ma propre clé, je suis entré.

— C'est moi, ai-je crié en fermant la porte derrière moi.

— Je suis ici, a-t-elle répondu depuis le salon. Pas qu'elle puisse être ailleurs.

— Je t'ai apporté ton journal et les courses que tu as demandées, ai-je dit en lui tendant le journal. Elle passait toute la journée dans son salon, assise dans un vieux fauteuil avec une couverture sur les genoux, un petit espace encombré de trop de meubles et trop de tableaux aux murs, et une cheminée ornée de figurines de chevaux bon marché. Dans le coin, en face d'elle, la télévision était allumée, le volume baissé. À côté d'elle, sur une petite table haute, un perruche bleue dans sa cage. — Comment va Pompidou ? ai-je demandé.

— Un peu calme aujourd'hui, n'est-ce pas, Pompy ? La prochaine fois que tu passes à l'épicerie, tu peux me prendre des graines pour oiseaux ?

— Bien sûr.

— Et d'autres cachets pour le mal de tête.

— Encore ?

Elle a jeté un coup d'œil aux gros titres du journal. — Je ne sais pas pourquoi je lis le journal, a-t-elle dit. Ce ne sont que de mauvaises nouvelles.

Entrant dans sa minuscule cuisine, j'ai rangé les courses. En revenant, je lui ai demandé comment elle allait.

— Je me sens très raide aujourd'hui.

— Eh bien, je te le répète, Hilda, tu devrais te lever et bouger. Marcher jusqu'à la place et revenir. Ça te ferait le plus grand bien.

— Je sais, je sais, a-t-elle dit en réajustant sa couverture.

— Tu as assez chaud ? Je peux te faire une tasse de thé ?

— Maestro, je vais bien. Tu veux bien arrêter de t'agiter ?

— Eh bien, tu sais, j'aime m'assurer que tu vas bien. Aucun de nous ne rajeunit.

Elle a esquissé un sourire. — Tu es si gentil. Je ne sais pas comment je m'en sortirais sans toi. Les mots étaient reconnaissants, et elle les disait occasionnellement, mais j'avais toujours l'impression qu'elle les disait pour la forme ; parce qu'elle sentait qu'elle devait le faire ; ça ne semblait jamais venir du cœur.

— Ah, ce n'est rien, ai-je dit, jouant mon rôle.

— Ça fait de nombreuses années maintenant, n'est-ce pas ?

— Oui, je suppose. Mais il fallait bien que quelqu'un s'occupe de toi, hein ?

— Tu as dit quelque chose à propos d'une tasse de thé ?

J'ai ri. — Ça arrive tout de suite, Hilda, ça arrive tout de suite.

Annecy, octobre 1982

Quelques jours après la visite de Monsieur Bowen, la photographe est arrivée. Une jeune femme pressée. Elle a décliné mon offre de boisson et a gardé son imperméable, sa ceinture flottant derrière elle. Elle a fait son travail rapidement et efficacement, m'a remercié et est partie. J'étais plutôt déçu du peu de temps que cela avait pris.

Chaque jour, j'achetais le journal pour Hilda et le feuilletais rapidement pour voir si mon interview était déjà parue. Je me demandais ce qu'elle en penserait. Je craignais qu'elle ne soit fâchée, mais elle me connaissait bien et, ma foi, pensais-je, le monde l'avait abandonnée pour morte ; il ne s'intéressait plus à elle.

Je n'avais pas été tout à fait honnête avec Monsieur Bowen. J'avais revu Hilda en prison. Une semaine environ après ma première visite, j'avais reçu une courte lettre d'elle. Elle me remerciait simplement pour le gâteau, disant à quel point il était délicieux. J'en fus si agréablement surpris que, quelques semaines plus tard, j'en ai préparé un autre et je suis parti jusqu'à Rennes pour le lui apporter. Et c'est ainsi que tout a commencé. Malgré la distance et l'effort, sans parler du coût, j'y suis allé une fois par mois pendant le reste de sa peine. Je n'aimais pas laisser Claude seul si longtemps, mais, comme je le lui disais, ce n'était pas si souvent.

Une fois là-bas, nous parlions des nouvelles, des potins et même, à ma surprise, de sport. Elle lisait les journaux tous les jours, dévorant ce qui se passait en France et dans le monde. Elle était fascinée par la guerre en cours au Vietnam ; elle adorait le cycliste Eddie Merckx, qui avait remporté le Tour de France cette année-là, et aimait tourner en dérision Georges Pompidou et l'action de son gouvernement.

Vers la fin de sa peine, j'ai abordé le sujet de l'endroit où elle allait vivre après sa libération. Bien qu'elle possédât encore son appartement à Paris, elle était déterminée à ne jamais retourner dans la capitale. Je comprenais ce sentiment. Je l'ai aidée à vendre l'appartement et, avec le produit de la vente, j'ai acheté une petite maison dans le même village que le mien près d'Annecy. En octobre 1971, après exactement trois ans de prison, Hilda a été libérée. Je l'ai accueillie à la sortie de la prison et l'ai emmenée à Annecy dans sa nouvelle maison, craignant ce qu'elle en penserait. Elle l'a aimée. Presque immédiatement, cependant, elle est devenue recluse, sortant rarement, se contentant de rester chez elle toute la journée, ou de s'asseoir dans le petit jardin à l'arrière, lisant les journaux. Je lui ai suggéré d'acheter un animal de compagnie et j'ai amené Claude en visite. Elle ne s'est pas le moins du monde intéressée au chien et m'a demandé de ne plus jamais ramener « ce bâtard ». Mais elle a acheté une perruche - la première de nombreuses autres.

Onze ans plus tard, peu de choses avaient changé, mais maintenant, à 82 ans, elle souffre de son âge.

*

Dix jours après la visite de la photographe, c'était là ! Mon interview. J'étais déjà à mi-chemin entre la boutique et le cottage d'Hilda quand je l'ai vue. Que s'est-il passé avec le Maestro ? disait le titre. Autrefois, il était renommé et fêté dans toute la France comme l'avenir de la musique classique. Pourtant, au moment où son étoile était à son zénith, au moment où il semblait ne pouvoir rien faire de mal, le Maestro, comme on l'appelait communément, a pris la défense d'un ancien garde du camp de concentration de Drancy pendant la guerre. Ce fut une erreur fatale qui ruina sa carrière, le forçant à disparaître. Maintenant, 14 ans plus tard, nous l'avons retrouvé et avons envoyé notre meilleur journaliste musical, Henri Bowen, pour le rencontrer. Après tant d'années de silence, le Maestro s'exprime enfin...

Je n'aimais pas la photo, cependant. Je n'avais pas réalisé à quel point j'avais l'air vieux. Mais là, sur cette photo en noir et blanc, j'avais l'air maigre, émacié et gris. Néanmoins, excité, je me suis précipité chez Hilda, décidant de m'acheter un exemplaire sur le chemin du retour.

Je ne suis pas resté longtemps chez Hilda, juste assez pour lui donner le journal et m'assurer qu'elle allait bien. Je n'ai pas mentionné l'interview - elle la trouverait bien assez tôt.

Je suis retourné au magasin et, à ma grande déception, j'ai constaté qu'ils avaient épuisé tous les exemplaires du journal. Pas de souci, me suis-je dit, je lirais la copie d'Hilda le lendemain.

*

Le lendemain matin, à la première heure, je l'ai appelée pour lui demander si je pouvais venir la voir tout de suite. Ayant attendu un jour, je ne pouvais plus attendre pour lire l'interview. À ma surprise, elle n'a pas répondu. Peut-être est-ce le jour du bain, ai-je pensé. J'ai décidé de ne pas attendre - j'irais simplement chez elle maintenant.

Je suis entré. — Ce n'est que moi, ai-je crié. J'espère que ça ne te dérange pas, mais je suis venu tôt. Je dois sortir plus tard, alors j'ai pensé venir te voir maintenant à la place. Pas de réponse. — Allô ? Hilda ?

Il était plus de neuf heures - elle ne serait pas encore au lit. Non, elle s'était levée - j'ai remarqué son courrier posé sur le manteau de la cheminée. Sûrement, elle n'était pas sortie. Hilda ne sortait jamais à moins que la nécessité ne l'y force. C'est à ce moment-là que les premiers vrais élans d'inquiétude m'ont envahi. — Hilda ? ai-je crié à nouveau.

Elle n'était nulle part en bas ni dans le jardin. De retour à l'intérieur, j'ai couru à l'étage, frappé à la porte de sa chambre et, n'ayant reçu aucune réponse, je l'ai ouverte. Elle n'y était pas. Son lit était fait, tout était comme il devait l'être.

De là, j'ai essayé la porte de la salle de bain. Elle était verrouillée. J'ai tapé doucement sur la porte et appelé son nom à nouveau. Toujours pas de réponse. J'ai frappé plus fort, puis encore plus fort, criant son nom, au point que je martelais la porte, secouant la poignée. J'étais devenu frénétique. Je n'avais pas le choix - je devais enfoncer la porte. Me préparant, j'ai chargé la porte avec mon épaule. Elle n'a pas bougé. Il n'y avait aucun moyen que je puisse la forcer en sautant dessus. Ayant une idée, j'ai couru en bas et dans son jardin jusqu'à son abri, où je savais que je trouverais une hache.

J'ai eu un moment d'hésitation à l'idée de ruiner une porte de salle de bain parfaitement bonne. — Hilda, es-tu là ? Est-ce que ça va ? Silence. — Pour l'amour du ciel, réponds-moi. J'ai balancé la hache, fendant le bois. Encore et encore, je l'ai frappée, allant de plus en plus vite, ma respiration devenant de

plus en plus haletante. Finalement, j'avais fait une entaille assez grande pour pouvoir voir. En regardant à travers la fente, je pouvais la voir - dans son bain, la tête renversée en arrière, un bras pendant sur le côté. Elle portait ses vêtements.
— Hilda, qu'as-tu fait ? J'ai tailladé davantage la porte jusqu'à ce que, finalement, je puisse passer mon bras à travers et, après un peu de tâtonnements, j'ai réussi à déverrouiller le verrou. Je suis presque tombé, glissant sur les fragments de bois sur les carreaux de la salle de bain.

— Hilda ? J'ai retenu mon souffle. Elle avait pris un bain toute habillée. L'eau, qui lui arrivait jusqu'au cou, était colorée en rouge.

Annecy, novembre 1982

À l'âge de 82 ans, Hilda Lapointe, née Irène d'Urville, s'était suicidée. D'une manière ou d'une autre, les journaux avaient eu vent de l'histoire et l'avaient publiée. Ils pensaient qu'enfin, après presque quarante ans, sa culpabilité l'avait rattrapée. Ils se trompaient complètement. Elle n'avait jamais éprouvé de culpabilité.

Le courrier que je croyais avoir vu ce matin-là, posé sur sa cheminée, n'était en fait qu'une seule enveloppe — qui m'était adressée. Une policière me l'apporta chez moi plus tard dans la journée. Utilisant un coupe-papier, je l'ouvris et, devant la policière, dépliai nerveusement l'unique feuille de papier. La note ne contenait que cinq mots. On pouvait y lire : N'oublie pas de nourrir Pompidou. — Espèce de garce, hurlai-je.

Choquée, la policière me demanda si j'allais bien.

Je m'excusai et gémis — car je savais qu'elle allait dire à ses collègues que j'avais juré et quel homme désagréable et insensible j'étais.

Dans les jours qui suivirent, j'organisai ses funérailles. Elle avait suffisamment d'argent sur son compte pour tout couvrir. Il y eut cependant un retard. Le médecin légiste local avait ordonné une autopsie. Je pense qu'ils voulaient s'assurer qu'elle avait vraiment mis fin à ses jours et que je ne l'avais pas tuée. Je me souvenais que son avocat, il y a toutes ces années, m'avait dit qu'elle avait déjà parlé de suicide.

Le peu d'argent qui restait, y compris la maison et son contenu, devait, selon son testament, être transmis à un neveu de la femme qu'elle avait connue à Saint-Romain après la guerre. Quelqu'un qui, pour autant que je sache, ne lui avait jamais rendu visite, ni écrit, pas même une carte de Noël. J'étais déçu mais pas surpris ; je ne m'attendais pas à ce que cela me revienne. Il n'y en avait pas beaucoup de toute façon. Je savais pertinemment qu'elle m'avait utilisé ces onze dernières années. J'étais devenu son femme de ménage, son acheteur, son cuisinier, son jardinier, son larbin non rémunéré. Elle ne m'avait jamais, durant tout ce temps, remercié. Peut-être un mot d'appréciation occasionnel et peu sincère, mais jamais un « merci ».

L'autopsie conclut à un suicide par section des poignets et surdose de comprimés contre les maux de tête. Voilà donc pourquoi elle me faisait sans cesse en acheter. Elle l'avait planifié, accumulant lentement les pilules. Pourquoi avait-elle fait ça ? Je n'étais pas sûr, mais ce n'était pas la culpabilité. Je sais en revanche que mon interview dans le journal l'avait poussée à bout. C'était mon intention, peut-être pas qu'elle se suicide, mais de lui faire mal, de lui faire comprendre qu'encore après toutes ces années, les gens se souviendraient d'elle pour ce qu'elle était — une femme cruelle et sadique qui n'avait jamais exprimé le moindre remords pour les choses terribles qu'elle avait faites. Et à travers l'interview, j'avais fait en sorte que les gens s'en souviennent.

Je n'éprouvais aucune pitié, pourtant, d'une étrange manière, elle me manquait un peu. La routine quotidienne d'aller la voir me manquait.

*

Les funérailles de Hilda eurent lieu par une matinée de novembre froide et venteuse mais ensoleillée, les nuages se déplaçant rapidement dans le ciel, les couleurs automnales tardives étant un régal pour les yeux, le cimetière recouvert d'un tapis de feuilles orange-brun. Hilda n'avait jamais montré le moindre intérêt pour l'église. Pourtant, il faut bien faire ces choses-là. Nous n'étions que trois — moi, le prêtre et, à ma surprise, le neveu, Gérard, un homme grand et mince d'une cinquantaine d'années au menton pointu, arborant une chaîne de montre en travers de son gilet. Je pense que lui, au moins, avait été poussé par la culpabilité. Avant que le service ne commence, il s'excusa de n'avoir jamais rendu visite. Je lui donnai les clés de Hilda et lui dis de s'occuper de la maison comme bon lui semblait. Nous nous serrâmes la main et nous tînmes l'un à côté de l'autre pendant que le prêtre faisait son office.

Nous confions donc le corps de Hilda à la terre ; terre à la terre, cendres aux cendres, poussière à la poussière...

Ensuite, nous restâmes tous les trois, les mains jointes devant nous, à regarder le cercueil de Hilda au fond de sa tombe. Je pensai à Madame Kahn, et à la pauvre femme que Hilda avait battue à mort sur la glace ; je pensai à elle assise impassiblement au tribunal, ses yeux froids pendant que ceux autour d'elle pleuraient ; je pensai à moi, jeune homme dans ce train. Était-ce vraiment moi ? Cela semblait si lointain, si lointain que le souvenir semblait appartenir à quelqu'un d'autre. Nous étions peut-être en guerre mais, avec le recul, j'enviais ce jeune homme avec ses espoirs et son ambition. Il savait exactement ce qu'il voulait de la vie, savait exactement où il allait. Mais j'étais un jeune garçon solitaire, je le savais. Le mariage, le succès, la célébrité et la richesse — et tout ce temps je restais seul. Et maintenant, tant d'années plus tard, avec Hilda partie, j'étais à nouveau seul.

L'horloge de l'église sonna midi. Alors que le dernier coup s'estompait, le prêtre demanda à être excusé. Gérard et moi le regardâmes s'éloigner rapidement vers l'église, sa soutane prise par la brise, exposant une paire de baskets. J'aperçus un vieux monsieur qui attendait à l'entrée de l'église, appuyé sur sa pelle.

— Eh bien, voilà, dit Gérard.

— Oui, soupirai-je. C'est vraiment fini.

— As-tu remarqué quelque chose ? dit-il, les yeux toujours fixés sur le cercueil.

Je secouai la tête.

— Ne le montre pas, mais depuis que nous sommes là, il y a quelqu'un qui nous observe, debout près de l'orme derrière nous.

Je n'avais rien remarqué. Lentement, nous nous retournâmes tous les deux. Gérard avait raison — il y avait quelqu'un, une femme vêtue de noir funèbre, jusqu'au voile sur son visage.

— C'est quelqu'un que tu connais ? demanda-t-il.

— Oui, dis-je, plissant les yeux contre le soleil d'automne. Je pense que oui. Tu voudras bien m'excuser.

Lentement, je marchai vers elle, les mains derrière le dos, mes chaussures crissant sur les feuilles sèches. Je la regardai s'éloigner de la longue ombre de l'arbre. Relevant son voile, elle dit doucement : — Bonjour, Maestro.

Je souris. — Isabelle. J'espérais que tu viendrais. Comme c'est agréable de te revoir.

FIN

Une Note de l'Auteur

Merci d'avoir acheté et lu ce roman. J'espère que vous l'avez apprécié. Si c'est le cas, merci de penser à laisser un avis sur Amazon. Merci beaucoup !

Détails des autres utres titres de la série Amour et Guerre disponibles en livre de poche ou sur Kindle en français peut être trouvé à:

https://rupertcolley.com/international/france/

En tant qu'Anglais écrivant sur l'histoire de la France, je ressens une grande responsabilité, donc j'espère avoir rendu justice à cette histoire et que la traduction vous a satisfait.

N'hésitez pas à me contacter par e-mail : rupert@rupertcolley.com.

Printed in France by Amazon
Brétigny-sur-Orge, FR

40799142R00080